Jean-Marie Périer

Loin de Paris

KERO

DU MÊME AUTEUR

Enfant gâté, autobiographie, XO Éditions, 2001.
Le Temps d'apprendre à vivre..., autobiographie, XO Éditions, 2004.
Oncle Dan, biographie, XO Éditions, 2008.
Casse-toi !, document, Oh ! Éditions, 2010.

Photographie

Mes années 1960, Filipacchi, 1998.
Mes années 1960, Tome 2, Filipacchi, 1999.
Mes années 1960, L'intégrale, Filipacchi, 2002.
Flash, Photos 1990-2001, Filipacchi, 2002.
Des amis de tous poils... de chats, Agnès Viénot, 2002.
Le Rêve, Flammarion, 2005.
Jean-Marie Périer, Éditions du Chêne, 2008.
Françoise, Éditions du Chêne, 2011.
Rencontres, Éditions du Chêne, 2012.

ISBN : 978-2-36658-118-8

En souvenir de Toni Krantz
et Jean-Michel Lacor,
deux amis aujourd'hui disparus
qui me manquent tous les jours.

Petit résumé de ma vie

Pourtant, j'aimais bien Paris.

J'y avais vécu mes belles années, celles des succès plus ou moins mérités, des amours déçues mais définitives, des amitiés immortelles, et surtout celles où toutes les chances me souriaient.

Un divorce plus tard, je partis vivre aux États-Unis, un vieux rêve d'enfance, à quarante ans j'étais jeune, je croyais encore au mythe de « l'ailleurs », on a les faiblesses qu'on peut.

Après dix ans de « rêve américain » dans l'univers des films publicitaires, bien que reconnaissant à ce pays de m'avoir ouvert les bras, j'étais un peu lassé par l'obsession de la réussite à tout prix qui régnait à New York à la fin des années quatre-vingt.

N'étant pas prédisposé à devenir « le plus grand, le plus beau, et surtout le plus riche », postulat considéré là-bas comme la moindre des choses, je sautai sur la main tendue par ma sœur Anne-Marie pour rentrer en France.

« Je dirige un journal, me dit-elle, tu n'as qu'à redevenir photographe ! »

Ma sœur a toujours eu le sens du timing.

Ces dix années passées au sein de l'équipe du journal *Elle* dont elle était la directrice seront un enchantement.

Bien sûr, Paris n'était plus celui des années soixante, les Champs-Élysées n'étaient plus déserts en été, Saint-

Germain-des-Prés avait délaissé la rue Saint-Benoît et la fantaisie de la ville s'estompait doucement sous le poids d'un mal nouveau dont je reconnaissais les symptômes. Dans les bureaux, à la poste, dans les supermarchés, je retrouvais cette sourde obsession de l'échec social, les regards inamicaux de la concurrence obligée, bref, une astreinte implicite de la réussite à tout prix s'étendait sur la ville.

Bien sûr, à regarder ses rues, ses monuments, son ciel, Paris restait une fête, mais où étaient donc passés mes Parisiens ? Ceux qui aimaient à noyer les nuits pour oublier les jours, les chantres du suicide social pour le plaisir d'un mot aussi brillant qu'inutile ? Ceux qui osaient la paresse sans crainte d'être jaugés, car ils savaient bien, eux, que si « ne rien faire » est donné à tout le monde, « faire rien » est un luxe réservé aux âmes bien trempées.

J'avais le sentiment d'appartenir au siècle dernier.

J'entends le XIXe.

L'atmosphère se tendait chaque année un peu plus, au fur à mesure que l'économie du pays se dégradait.

Contrairement à New York qui saura toujours rebondir par sa confiance dans l'avenir, à Paris on s'économisait, on prenait moins de risques et la peur s'installait dans le regard des autres.

Paris était en train de devenir New York, mais sans le pognon.

Après trente années à la tête de *Elle*, ma sœur, se remariant, décida de lever le pied pour se consacrer à sa nouvelle vie. Bien lui en prit, choisir le bonheur m'a toujours semblé judicieux. Hélas, curieusement, le lendemain de son départ du journal, mon téléphone se mit tout à coup à rouiller d'ennui. En effet, à ma grande surprise, tout contact avec ces gens fréquentés quotidiennement pendant dix ans fut rompu sans la moindre prévenance. La soudaineté claire et nette de cette décision me prouvait que, décidément, le pragmatisme new-yorkais avait bien franchi l'Atlantique. Après plusieurs années guillerettes, j'étais donc mis en demeure de changer de vie.

Déjà vu.

Mon parcours ayant toujours plus tenu du *scenic railway* que du plan de carrière, lorsque je touche le fond, le remède est toujours le même : Petit Jean-Marie est dans la merde, donc aussitôt il achète une maison. Après quoi, dans le pétrin jusqu'aux oreilles, il faut bien qu'il s'en sorte. Solution rarement perçue comme pondérée par l'entourage mais néanmoins plus pertinente qu'il n'y paraît.

L'heure était donc revenue d'aller vers la verdure.

Au volant de ma splendide torpédo, me voilà sur la route en direction du sud, certes vers le soleil, mais bien décidé à éviter les bords de mer et la montagne, ces régions connotées vacances, empreintes d'un esprit mercantile des plus regrettables.

Je tenais à la campagne française, la vraie, avec ses gens « normaux » dont l'apparence trompeuse cache parfois des trésors d'originalité.

Je m'arrêtai donc à Figeac, à la lisière de l'Aveyron, Jacques Dutronc m'ayant souvent vanté les beautés de cette région.

Faisant irruption dans la première agence immobilière venue, je m'exclamai devant Jean-Louis Labit, le propriétaire des lieux :

« Trouvez-moi, s'il vous plaît, une petite ferme au milieu de rien. Et comme je n'en ai pas le premier rond, qu'elle ne soit pas chère, car c'est la banque qui va payer ! »

Trois mois plus tard, j'étais chez moi dans l'Aveyron.

Et c'est là qu'en regardant les vaches de mon nouveau voisin, je réalisai qu'un étranger qui s'installe en plein milieu de ce paysage de rêve a intérêt à réfléchir d'urgence à un moyen de faire allégeance.

Surtout s'il a commis l'erreur de passer de temps en temps sa tronche dans le poste, le Parigot doit vite s'asseoir sur ses principes s'il veut espérer être accepté par l'Aveyronnais de souche.

Je pris donc trois décisions :

D'abord, pas de piscine. L'objet vous conférant un côté « villégiature » du plus mauvais effet.

Ensuite, y habiter pendant l'hiver. Si le 5 janvier vous vous pointez au café sous les arcades du village, vous faites un premier pas vers le sérieux souhaité.

Puis, je pris rendez-vous avec Michel Heuillet, le directeur du *Villefranchois*, LE journal du coin (douze mille exemplaires) lu par toutes les familles aveyronnaises dignes de ce nom.

« Accepteriez-vous, monsieur, de me confier, disons toutes les trois semaines, une chronique comprenant une photographie et un portrait écrit par ma pomme, afin de faire la connaissance des gens du cru, espérant ainsi me fondre dans le paysage. Ce faisant, vous m'aideriez à être toléré par la population. »

Tout en me faisant comprendre en bon Aveyronnais que cette prestation serait bien entendu gratuite, Heuillet accepta malgré l'énervement légitime de son entourage professionnel devant l'intrusion d'un Parisien dans les colonnes du journal. Je lui en suis reconnaissant et ce n'est pas par hasard qu'il est devenu mon meilleur ami dans la région.

C'est ainsi qu'après *Jazz Magazine*, *Paris Match*, *Salut les copains* et *Elle*, depuis plus de dix ans je publie dans *Le Villefranchois*, alternant des articles sur des gens plus ou moins célèbres rencontrés grâce à ma vie de photographe dit « de stars » et des portraits des habitants de cette région que je considère désormais comme la mienne.

« Mais tu ne t'ennuies pas là-bas ? »

Cette phrase-là, mes amis parisiens me l'ont tous sortie au moins une fois. D'abord, à part à l'école, je n'ai jamais connu l'ennui ; ensuite, malgré ma tronche de ludion métissé, il semblerait que j'aie contre toute attente une vie intérieure m'aidant à surmonter les longues soirées d'hiver, et après quarante années passées dans des avions, sautant d'un projet à l'autre, l'œil fixé sur un avenir possible, je fus enfin gagné par l'envie de m'arrêter un peu. Disposer d'espace et de temps pour en profiter m'apparaît comme le luxe ultime.

Et puis ici, à Villeneuve, contrairement à la capitale, on ne gémit pas. On est gentil avec les chiens et même avec les étrangers.

On ne se lève pas le matin pour être « contre », pour dire « non », pressé de se plier ainsi à l'hégémonie du ricanement systématique de l'intelligentsia dominante, ou au cynisme des petits-bourgeois déguisés en prolos arborant Che Guevara sur des tee-shirts Prada.

Ici, quand on est branché, c'est sur la tondeuse.

Ici, on se lève le matin pour dire « oui » parce qu'on n'a pas le choix ; ici, on ne parle pas de politique, mais du temps qu'il va faire.

Ici, je connais plein de gens qui n'ont pas grand-chose, et pourtant, tous, un jour, m'ont vanté la qualité de leur vie :

« Putaing, la qualité de vie qu'onna ! »

Alors, on me dira qu'avec eux je n'aborde sans doute pas souvent l'abécédaire de Deleuze ou la métaphysique de Kant, c'est exact mais, rassurez-vous, à Paris non plus.

Aussi pour un petit-bourgeois citadin comme moi, finir ses jours ici semble inespéré.

À lire mes petites rubriques, d'aucuns penseront que, chez moi, dire du bien est un travers. En réalité, c'est parce que si je n'aime pas quelqu'un je n'en parle pas.

Quand on arrive à mon âge, si on se permet d'écrire sur ceux que l'on a rencontrés, c'est pour s'en réjouir.

Cet ouvrage est la récapitulation des articles de ces dix dernières années. Autrement dit, il n'a pas l'ambition d'être un objet littéraire, seulement une distraction proposée par un nouvel Aveyronnais loin de son Paris natal.

2004

Jean et Marie-Ange Batut
Michel Serrault
Évelyne Cazes
Françoise Hardy
Charles Aznavour
Lucienne Leproust et Denise Durand
Virginie Desarnauts

Jean et Marie-Ange Batut

Soyons clairs, quand on aime la viande, un boucher, ce n'est pas rien. Mais la vraie raison de vous parler de Jean Batut n'est pas là. Lorsqu'on arrive de Paris et qu'on a le culot de venir s'installer à la campagne, on comprend assez vite que si les arbres sont magnifiques, tout va quand même d'abord dépendre des gens.

À Villefranche-de-Rouergue, le « bonjour » de Jean Batut fut mon premier accueil. Il ne s'agissait pas d'une de ces grimaces mercantiles dont nous abreuve la vie moderne. Il m'a regardé vraiment. J'avais le sentiment d'être plus en face d'un médecin que d'un découpeur de côtelettes. J'ai tout de suite senti que j'étais devant un homme qui aime le travail bien fait. Dans les dîners en ville, on peut vous raconter des salades, mais avec la farce d'une pintade, on ne rigole pas.

Batut, en temps de guerre, quand les obus pleuvent de partout, c'est le genre de type avec qui il faut être copain, il peut vous sauver la vie l'air de rien, et en plaisantant en plus.

Elle le sait bien, sa femme, Marie-Ange, et si vous la voyez radieuse, c'est parce qu'elle connaît le bonhomme depuis longtemps et qu'elle sait qu'elle peut compter sur lui.

En plus, il a des ambitions pour sa ville, s'il postulait pour siéger au conseil culturel de la Mairie, je voterais pour lui aussi sec. Mais loin de moi l'idée de jouer les éminences grises, être accepté par les Aveyronnais, c'est déjà beaucoup.

Donc, comme d'habitude, je retournerai les voir à mon prochain passage, pour un gigot peut-être, pour leur sourire sûrement.

Michel Serrault

Je connais Michel Serrault depuis mon enfance. Dans les années cinquante, après le théâtre, mon père, François Périer, avait l'habitude de m'emmener dans un cabaret nommé L'Amiral. C'était à Paris un lieu extraordinaire dans lequel tous les gens du métier se retrouvaient vers une heure du matin pour voir des amis comédiens faire des improvisations. Ils étaient un peu les précurseurs du café-théâtre.

On pouvait y applaudir Jacqueline Maillan, Roger Pierre et Jean-Marc Thibault, Darry Cowl, Jean Richard et puis aussi Jean Poiret et Michel Serrault. Ça durait jusqu'au petit matin, ils inventaient des gags et des sketches, délirant juste pour faire rire une salle remplie d'amis.

Je sentais bien que ce que je voyais là était unique, car ces représentations n'étaient pas dictées par le profit, ils n'avaient rien à y gagner, c'était juste pour le plaisir.

Aujourd'hui, Michel Serrault est l'acteur que l'on sait, mais quand on se revoit il y a toujours entre nous cette connivence lointaine.

Lorsqu'il arrive dans mon studio pour la séance photo, il commence toujours par me raconter des bêtises en éclatant de son rire fameux et il faut toute la diplomatie de l'attachée de presse pour nous sortir de la loge afin que l'on se décide à travailler.

Comme beaucoup de gens, il n'aime pas se faire photographier, alors je fais très vite. Du reste, j'ai toujours considéré l'acte de se faire tirer le portrait comme un moment anormal, voire désagréable.

Pour moi, c'est un peu comme le dentiste, ça doit être rapide et ne pas faire souffrir. C'est pourquoi je suis sûrement le photographe le plus rapide de Paris.

Dans un grand éclat de rire, Michel Serrault arrive enfin sur le plateau. Pendant la séance, étrangement, j'ai toujours l'impression de voir Jean Poiret à ses côtés. Je crois les entendre se marrer encore ensemble.

Mais si Michel est surtout un homme qui me touche, c'est parce que je sais que pour lui je serai toujours d'abord le fils de François Périer.

*

Michel Serrault, comme chacun sait, nous a quittés en 2007.

Évelyne Cazes

Comme tout village français qui se respecte, Villeneuve a une place centrale. Sur cette place, il y a des arcades et, sous ces arcades, on trouve le café du même nom. Et c'est là que, sans m'y attendre, je croisai la courtoisie même en la personne d'Évelyne Cazes.

Sous l'œil bienveillant de Pierre, son mari, elle règne sur son monde avec humour et légèreté, toujours habillée joliment et sans affectation aucune – grâce à sa ligne et à l'aisance de ses gestes : Madame Évelyne est élégante.

De même que Jean Batut à Villefranche-de-Rouergue, ce sont les Cazes qui en m'accueillant ont contribué à me faire accepter des gens du lieu. Ce n'était pas si simple, après tout j'étais encore un de ces Parisiens qui viennent flâner chez eux.

Je sentais bien dans le regard de certains des habitués de l'endroit que ma tronche leur disait quelque chose, ils m'avaient vu à la télé sans doute, mais dans quoi ?

Le Juste Prix ? Ou bien la météo... mais sur quelle chaîne ? Je sais l'arrogance des gens qui passent la tête à la télévision, aussi tentai-je de me faire le plus discret possible. Car justement pour moi, le vrai privilège, c'est d'être accepté par les gens de la région, et je vous prie de ne voir aucune flagornerie dans mes propos.

Vous ne pouvez pas imaginer à quel point, lors de mes dix années passées aux États-Unis, je rêvais de ce coin de France. Bien sûr, je viens de la capitale, mais les endroits sont comme les familles, les siens sont ceux que l'on se choisit.

Un jour, j'ai vu la considération monter d'un cran dans les yeux d'Évelyne Cazes lorsqu'elle constata que je venais également en hiver. Le clampin qui commande un café à 8 h 30 fin janvier, c'est forcément du solide.

Si un jour j'ai la chance d'être perçu comme étant « du pays », ce sera d'abord grâce à Évelyne Cazes.

J'aime cette région tout le temps, même quand il y fait froid et que le ciel est sombre. Et à partir de juin, lorsque le soleil se couche, il y a ce quart d'heure miraculeux durant lequel il n'y a plus aucun bruit : les feuilles des arbres n'osent plus bouger, les oiseaux se taisent comme pour rendre hommage à cette journée qui s'en va.

Je me souviens que dans les années quatre-vingt, j'allais parfois dans le sud des États-Unis en vacances à Key West avant que le sida ne transforme l'endroit en mouroir pour les damnés homosexuels. Ceux-ci étant les premiers à être attaqués par cette affreuse épidémie, ils venaient en masse finir leurs jours dans ce coin de paradis.

Tous les soirs vers 19 heures, une foule de babas se réunissait sur la dune donnant sur l'océan en attendant la fin du jour. Et tandis que le soleil commençait à s'enfoncer dans la ligne d'horizon, un silence respectueux s'installait jusqu'à ce qu'il disparaisse. Là, tout le monde applaudissait et hurlait de joie comme à la fin d'un concert. C'était un peu naïf, mais assez sympathique.

Tous les soirs dans mon jardin de l'Aveyron, j'écoute le silence en regardant le soleil se coucher derrière les arbres, mais je n'applaudis pas, j'aurais trop peur que les vaches de mon voisin me prennent pour un cinglé.

Françoise Hardy

Vous n'êtes pas sans savoir la relation qui me lie à Françoise Hardy. Elle a commencé en septembre 1962. Cette chère « Excellente » était une jeune chanteuse partie de rien, moi j'étais un enfant gâté à qui tout souriait.

Ma plus belle chance ne fut pas seulement de la rencontrer, mais que, depuis cet automne-là, il ne se soit pas passé un mois sans que l'on se parle ou que l'on s'écrive.

Puis elle a épousé Jacques Dutronc, lequel est devenu mon ami, mon frère par choix.

J'ai photographié Françoise des milliers de fois. C'est normal, elle a le plus beau visage que j'aie jamais vu.

J'ai fait d'innombrables pochettes de disques avec elle, c'est donc naturellement que, pour son prochain album, elle m'a, une fois de plus, fait confiance.

Comme tous les gens « normaux » que j'ai croisés, elle déteste se faire photographier.

Il faut dire qu'elle ne misait pas beaucoup sur son physique, ça n'avait pas l'air de l'intéresser.

Elle rêvait ses chansons, et moi j'étais obsédé par son image.

Ce que peu de gens savent, c'est que Françoise est une des personnes les plus drôles qui soient. Mettez un verre de bon bordeaux sur la table et vous verrez, elle décolle au quart de tour.

Avec Jacques, ils forment un curieux couple, mais un vrai, c'est certain. Alors qu'il y a trente ans, il était connu sur la place pour être le roi de la fête, elle en revanche écrivait des chansons tristes dans des chambres d'hôtel. Suivant sans doute le principe des vases communicants, elle est aujourd'hui ouverte sur l'extérieur, pleine d'un humour enjoué, alors que lui devient au cours des années un personnage un peu sombre et retiré du monde.

On croise des milliers de gens dans sa vie, mais on en « rencontre » peu. C'est pourquoi je veillerai à tout faire pour ne jamais les perdre, ils sont ma famille et me sont trop précieux.

On me demande souvent si je vois encore mes amis des années soixante. À vrai dire, à part Françoise – avec laquelle j'échange des mails – et Jacques à qui je rends visite une ou deux fois par an, j'ai aujourd'hui peu de contacts avec tous les autres.

Au fond, c'est normal. Depuis plus de trente ans, parce qu'ils sont restés célèbres et Dieu merci pour la plupart encore vivants, il ne se passe pas une journée sans que l'on me pose des questions sur ces artistes que je fréquentais au quotidien à l'époque.

Ils font donc toujours partie de mon présent. De mes plus beaux souvenirs aussi. Pour eux, en revanche, à qui l'on doit très rarement parler de moi, j'apparais sans doute comme un souvenir un peu lointain, appartenant à l'univers de leur jeunesse.

Charles Aznavour

1955. La première fois que je vis Charles Aznavour, c'était à l'Olympia en hiver, j'avais quinze ans. Malgré ma fascination pour Édith Piaf et ma tendresse pour Charles Trenet, ce fut lui qui me donna ma première grande émotion de music-hall.

À la fin de sa chanson « Je m'voyais déjà », il avait imaginé une mise en scène des plus étonnantes pour l'époque. Sur les dernières notes, tout à coup, il tournait le dos au public et une rampe de lumière blanche s'allumait au sol face à la salle, donnant ainsi aux spectateurs l'illusion d'être sur scène à la place du chanteur. En une seconde, il vous faisait ce cadeau : l'impression d'être un artiste.

C'était une belle idée, cinématographique, spectaculaire et généreuse.

Je ne pense pas le trahir en disant que la première partie de sa vie fut empreinte d'un soupçon d'amertume. Amertume pour sa taille petite et son physique loin des atouts d'un Gilbert Bécaud. Ce qui par réaction fit de lui un des tombeurs les plus efficaces de l'époque. Revanche de l'immigré contraint de s'imposer dans une France patriotarde, il deviendra l'un des représentants les plus reconnus de la langue française.

2004. Cet après-midi-là, je l'attends dans un studio. Comme d'habitude, il arrive à l'heure exacte, calme, simple et sans affectation. À chaque fois que je l'ai photographié, il m'a donné le sentiment d'être étonné qu'on puisse s'intéresser à son visage. Lorsqu'il laisse faire la maquilleuse, on dirait que c'est presque pour lui faire plaisir.

Pour Charles, une séance photo n'est pas désagréable, c'est simplement un moment un peu ennuyeux.

En revanche, la photographie le passionne. Chez lui, il a tout le matériel d'un professionnel. On peut même dire qu'il est plus équipé que la plupart d'entre eux. Et comme pour oublier le désagrément de cette séance, le voilà qui part dans des explications techniques et, croyez-moi, il sait de quoi il parle. Le numérique et l'informatique sont pour lui des jeux d'enfant.

C'est merveilleux de voir cet homme qui a remporté tous les succès s'emballer comme un jeune homme pour un objectif japonais ou un ordinateur californien.

Entre deux phrases, il pose patiemment et repart aussitôt dans une explication détaillée de l'action humanitaire qu'il entreprend pour l'Arménie. Passionné, vivant, voilà Charles Aznavour. C'est un homme vivant.

2005

Odile et Michel Brugel
Michel Sardou
Pierrette Logé
Eric Clapton
Odette Aubertin
Patrick Modiano
Laurette Moulet
Gérard Oberlé
Claudie Pradayrol
Hélène Grimaud
Bernadette Galan
Michel Polnareff
Carole et Hassan Benhamed
Marc Lévy
Ingrid Betancourt
Michel Charme
Eddy Mitchell
Carole Martinez et Laurette Soen
Frédéric Beigbeder
Julie Andrieu
Benicio del Toro
Aline Brisebois
Vincent Lindon
Valérie Lemercier

Lucienne Leproust et Denise Durand

S'il vous arrive un jour de passer par la rue principale de Lacapelle-Marival, vous ne pourrez deviner que derrière une des portes de ces calmes maisons se cache une belle histoire.

Dans un jardin inchangé depuis des lustres vivent Lucienne Leproust et Denise Durand. Elles ont depuis longtemps dépassé l'âge des bagatelles, mais le moral est là.

Dans le Paris des années quarante, au cœur de La Villette, il y avait Le Veau d'or. Plus qu'un restaurant, c'était une institution. Lucienne tenait la caisse, Pierre, son mari, dirigeait la salle, et Denise servait son monde. Personne, bien sûr, ne pouvait imaginer que la distribution des rôles était un peu plus compliquée.

Si le jour Lucienne arborait la moue sévère de la patronne sûre de son fait, le soir Denise retrouvait Pierre et l'espace d'un moment d'intimité la soubrette s'offrait le luxe de toiser Pierre du sourire des secrets bien cachés.

Celui-ci, fidèle à l'une était l'esclave de l'autre, mais les années n'entamaient pas le respect des convenances.

Et le matin venu, chacun rejouait sa partition.

Pendant ce temps, en salle, les gens de théâtre y célébraient les soirs de première. Sacha Guitry côtoyait Louis Jouvet et le jeune François Périer y faisait la fête avec Pierre Brasseur. On n'y buvait pas que de l'eau, on sablait plutôt le champagne. Pendant l'Occupation, tandis que dans la salle du haut il fallait bien servir des Allemands désireux de s'encanailler, dans la cave les gens du spectacle et le Tout-Paris s'adonnaient aux joies de la « limonade de Reims ». C'était une façon comme une autre de faire de la Résistance.

Si les souvenirs restent gais, les temps n'en étaient pas moins durs, et à leur évocation, les yeux de Lucienne se voilent. Le manque d'argent, les pénuries, elle a connu tout ça et comme elle aime à le dire avec élégance :

« Les couturiers ne m'intéressaient pas beaucoup ! »

Et puis un jour, Pierre est mort, laissant seules avec leurs souvenirs Lucienne, sa femme, et Denise, l'autre. Alors, elles sont rentrées au pays, à Lacapelle, dans le Lot, là où Lucienne était née.

Assise derrière la fenêtre, celle-ci regarde Denise errer dans le jardin en chantonnant *Dans la vie, faut pas s'en faire...*

Elles vivent là serrées l'une contre l'autre, pleines de gaieté cependant. Toujours prêtes à déboucher du lourd, du sérieux, de la boisson d'homme, en trinquant royalement à la photo encadrée de Pierre, celui qui les a réunies et qu'elles ne quitteront jamais.

Virginie Desarnauts

Vous ne connaissez pas encore bien son visage et pourtant vous l'avez vue souvent il y a dix ans dans des sitcoms, ces petites pièces télévisées qu'elle faisait pour gagner sa vie tout en apprenant son métier de comédienne. (Ne lui dites pas « actrice », elle n'aime pas.)

Aujourd'hui, elle joue dans *Comme une image*, le film d'Agnès Jaoui, interprétant le rôle de l'épouse de Jean-Pierre Bacri. Plus tard, vous la verrez dans les films de Lelouch. Sa séduction vient d'abord du décalage entre son apparence juvénile et son monde intérieur. À Paris, les crétins l'ont souvent prise pour une « blonde ».

Tant mieux, leur mépris la protège de leur estime.

C'est par une séance photo que je l'ai rencontrée.

Au début, elle n'était pas à l'aise, je la sentais un peu coincée. Sur les premières images, elle me fixait avec prudence, on aurait dit un lapin pris dans des phares.

Coiffeurs et maquilleurs virevoltaient autour d'elle et plus on avançait dans la séance plus elle changeait de visage. Elle devenait une autre.

Quelque temps plus tard, nous nous retrouvâmes à Toulouse, car c'est là qu'elle est née. C'est sa ville.

Profitant d'un après-midi dans la campagne, je fis des photos d'elle, sans fards, sans ornements excessifs et tout à coup je la vis telle qu'elle est, naturelle, détendue, sans affectation, comme sur cette photo.

Il est moins aisé qu'on ne croit, le métier de comédienne : il faut s'habituer à devoir attendre d'être choisie.

Et comme ce n'est pas dans son caractère, quelque chose me dit qu'elle ne s'en tiendra pas à ça.

Dommage, à quelques mois près, mon père, François Périer aurait pu lui donner des conseils. Il aurait été très touché, mon père, car pour finir je vous avouerai que si je vous parle d'elle, ce n'est pas seulement à cause de son actualité, certes brillante, non, la vérité c'est qu'elle est devenue une amie, ce qui, vous en conviendrez, est beaucoup plus important.

Odile et Michel Brugel

À la frontière du Lot et de l'Aveyron, il y a cette maison dont je suis tombé fou à la première seconde.

Il est vrai que depuis toujours je sais que « les maisons nous attendent ».

Elle n'a rien d'un palais, mais elle respire le bonheur et une certaine paix indispensable aux ex-globe-trotters dans mon genre.

Il est toujours un peu gênant de rencontrer les anciens propriétaires d'une maison que l'on achète. On a un peu le sentiment de leur voler leur passé. Après tout, acquérir une maison nouvelle, c'est s'offrir la promesse de beaux moments à venir, c'est un acte égoïste et je défie quiconque de n'avoir pas un soupçon de malaise en face de ceux qui la possédaient avant.

Ma chance fut qu'elle appartenait à Michel Brugel.

Pourtant, ce ne devait pas être si simple pour lui de vendre cet endroit dans lequel il avait vu le jour. On ne se sépare pas impunément des lieux de son enfance.

Les maisons n'aiment pas qu'on les quitte, elles s'habituent aux gens et parfois elles se vengent.

Qui est donc ce Parisien qui prend ses aises ? Habiter sur le Causse, ça se mérite. Je n'en menais pas large.

La première fois que je rencontrai Michel Brugel, c'était chez lui, à Villeneuve. Il m'ouvrit la porte et me tendit la main en gardant le silence.

Moi qui avais eu la chance de croiser du beau monde – de Louis Jouvet à Mick Jagger, l'éventail est large –, eh bien, j'étais coincé comme un puceau, un puceau de la région. En lui serrant la main, je réalisai l'incongruité du geste. Bien sûr, il y avait l'argent, mais j'avais néanmoins la désagréable impression de lui voler quelque chose.

Lorsque je pénétrai dans son salon, quelle ne fut pas ma surprise en voyant accroché au mur un poster de Johnny Hallyday. J'étais sauvé, je savais que j'étais en face d'un homme avec qui le dialogue était possible.

Sa femme m'offrit à boire avec la politesse des gens de ce pays et la simplicité de leur accueil me donna aussitôt l'envie de leur faire confiance.

L'impression était juste puisque, depuis ce jour, Odile veille sur la maison et Michel prend soin du jardin, faisant tous deux en sorte que l'endroit reste en vie quand je ne suis pas là. Jamais ils ne m'ont fait sentir que je n'étais pas d'ici et quand ils viennent me voir je sens leur discrète inquiétude de me déranger.

En l'occurrence, ils ont tort, parce qu'ayant depuis toujours la certitude que les objets, les endroits, tout cela m'est seulement prêté je n'ai aucun sens de la possession et aussi parce que, après tout, c'est moi qui suis chez eux.

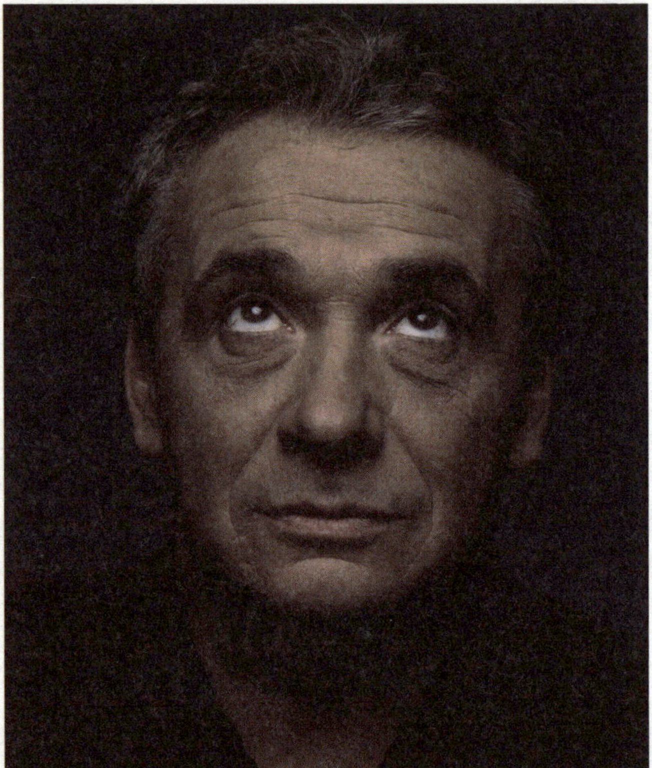

Michel Sardou

En voilà un à qui j'aurais toutes les raisons d'en vouloir, il m'a pris ma sœur.

Seulement voilà. D'abord, mon sens aigu de la famille me pousse à m'asseoir sur mes velléités revanchardes et surtout, il se trouve que l'oiseau est beaucoup plus sympathique que l'image que l'on donne souvent de lui.

Je l'avais croisé dans les années soixante, mais il appartenait à la seconde vague, j'avais déjà mon quota de tendresses avec Françoise, Sylvie, Jacques, Johnny, Eddy, Mick et les autres. Je l'ai donc un peu « raté » à l'époque.

Devenu mon beau-frère, il était urgent que je me penche sur le bonhomme. Et là, surprise, en plus il est aimable (au sens étymologique du terme).

Contrairement à la plupart des chanteurs ou musiciens que j'ai croisés, il ne s'est jamais entouré d'une cour, la solitude ne lui pèse pas, mieux : il aime ça. C'est un type cultivé, qui lit énormément et qui a su transmettre cette passion à ses enfants. J'en veux pour preuve les talents d'écrivain de son fils, Romain, dont les derniers ouvrages sont singulièrement maîtrisés pour un garçon de son âge.

Michel a eu la franchise et la sincérité d'opter depuis toujours pour la même ligne politique, ce qui ne choque personne aujourd'hui. Mais dans les années quatre-vingt, sachez qu'il lui fallut une bonne dose d'honnêteté pour ne pas suivre le mouvement ambiant du milieu artistique, lequel se complaisait dans une « mitterrandolâtrie » galopante, dont les retournements de vestes donnèrent un boulot fou aux tailleurs parisiens.

C'est un homme qui a des rêves et qui se donne les moyens de les réaliser, quitte à voir trop grand.

Il veut faire du théâtre, il achète un théâtre.

Il veut offrir à sa femme un coin de vacances, il lui fait cadeau de la plus belle des criques et construit un palais.

Trop n'est jamais assez. Dans sa tête, les projets se bousculent, il n'a de cesse d'aller de l'avant.

Preuve ultime de sa sagesse, il ne regarde jamais la télévision. J'aimerais avoir ce courage. Et pour parfaire le tout, il est quelqu'un qui sait cacher ses doutes ou ses angoisses par une belle dose d'humour. Vous voyez donc pourquoi il est difficile de ne pas s'attacher à lui.

Cela dit, tous freins rongés, s'il pouvait me laisser profiter plus souvent de la chaleureuse présence de ma sœur, je ne vous cache pas que je lui en saurais gré.

Pierrette Logé

Marcilhac, dans le Lot, est un joli village allongé sur les bords du Célé. Sur la place, vers midi, vous apercevrez la tonnelle fleurie de l'Hôtel des Touristes avec sa vingtaine de tables joliment arrangées et curieusement vides. D'autant que, si vous levez les yeux, un panneau vous affirme de façon péremptoire que l'endroit est complet, et s'il ne l'est pas alors il est fermé.

Complet ou fermé, l'endroit est une sorte de club, et ce toute l'année, un peu comme chez Lipp à Paris. Car à l'instar de M. Cazes, le propriétaire maintenant décédé du célèbre établissement de Saint-Germain-des-Prés, Pierrette Logé ne reçoit chez elle que les gens dont la tronche lui revient. Que vous soyez routard, pèlerin ou ministre, si votre attitude respire la vanité, la prétention ou le snobisme, vous pouvez aller faire un grand tour, car bien que toutes les tables soient vides, il n'y a pas de place pour vous. Je l'ai vue un jour refuser un car entier rempli d'étrangers enjoués. Comme je lui demandais les raisons de ce rejet, avec l'accent musical de la région, elle répondit sans me regarder :

« J'aime pas les Anglais ! »

Pourtant, l'endroit était désert. Une demi-heure plus tard, le restaurant était plein et le rituel pouvait commencer.

D'abord pas de menu, c'est Pierrette qui décide. Et c'est tant mieux, parce que la qualité des produits et le savoir-faire de la dame en imposent. Cet endroit résume à lui seul toutes les qualités du mot « tradition ».

Si Pierrette règne en cuisine, c'est aussi grâce à la patiente attention de Claude, son mari. Il veille à l'intendance et à la propreté des lieux. Ces deux-là n'ont pas attendu les lois sur la parité pour faire preuve d'imagination dans la vie de couple.

Dépêchez-vous d'aller y tenter votre chance, il est à craindre que Pierrette et Claude décident bientôt de lever le pied. Leur fille rêvant de voir d'autres horizons, il en sera fini de ce merveilleux bistrot. Il faut les comprendre, une vie entière de travail consacrée à cet endroit pourrait fatiguer les âmes les plus coriaces, sans parler des tracasseries administratives qui n'arrangent rien.

Essayez par exemple d'expliquer à des arbitres fonctionnarisés et à des politiques frileux que passer par la cuisine est un des charmes premiers de l'établissement ! (Comme chez Allard à Paris.) Et que les règles d'hygiène du Nouveau Monde indispensables aux mangeoires des fast-foods ne sont pas de mise avec des établissements assis sur des siècles de coutume.

Il est curieux de penser qu'à coup de lois se voulant protectrices la belle Europe va inconsciemment détruire les particularités qui la composent.

Moi, je me console en pensant que j'aurai eu la chance de connaître cette maison, représentative d'une France qu'on ne verra bientôt plus que dans les films de Jean-Pierre Jeunet.

Eric Clapton

Vous n'êtes pas sans savoir que la musique moderne est née dans le sud des États-Unis, le berceau du blues. Dès les années cinquante, les musiciens blancs ont pillé ce répertoire avec plus ou moins de bonheur. Mais dans les années soixante, s'il en est un qui sut s'approprier cette musique avec un rare talent, c'est bien Eric Clapton. À l'instar des Beatles ou des Rolling Stones, il était un petit Blanc anglais de plus qui rêvait d'être un Noir d'Amérique.

Il participa à la naissance de plusieurs groupes, dont Cream, un des plus célèbres des sixties.

Son désir de négritude musicale devint à ce point réalité qu'aujourd'hui beaucoup de Noirs américains rêveraient d'être Eric Clapton.

J'ai eu le privilège de le rencontrer à Londres il y a deux mois au cours d'un concert qui avait été organisé aux studios d'Abbey Road pour célébrer l'anniversaire de Scotty Moore, le premier guitariste d'Elvis Presley. Moore, arrivé la veille de Nashville, malgré ses soixante-quinze ans, se mit à jouer avec la facilité d'un pionnier. La rencontre entre ces deux musiciens, séparés par seulement vingt-cinq années de passion du rock, fut mémorable autant que touchante.

La production m'avait demandé d'organiser une séance photo. Et ce n'est pas sans émotion que j'ai reconstruit un studio, à l'endroit même où je l'avais fait il y a bientôt quarante ans, lorsque j'avais photographié les Beatles pendant l'enregistrement de *Sgt. Pepper's*. L'endroit n'avait pas changé, encore chargé de mes souvenirs avec Lennon et McCartney, et ce n'est que quand je croisais un miroir que les années enfuies me sautaient aux yeux.

Clapton a l'élégance des princes. Il a traversé toutes les époques et la vie ne l'a pas épargné. Néanmoins, comme l'Anglais bien élevé qu'il n'a jamais cessé d'être, il est arrivé à l'heure, puis il a posé poliment pour moi et il a rejoint la scène pour chanter et jouer de la guitare avec tout le respect dû à son aîné.

L'instrument que vous voyez derrière lui, c'est la guitare de Scotty Moore, une Gibson bien sûr, celle avec laquelle ce dernier a interprété les solos de « Heartbreak Hotel » ou « Jailhouse Rock », deux des tubes de Presley qui firent danser la planète pendant que James Dean sortait de la route, quelque part dans le désert californien.

Elles ont bien de la chance, les guitares : quand elles vieillissent, ça ne se voit pas.

Odette Aubertin

Toute région a son centre de gravité.

Permettez-moi de vous présenter Odette Aubertin, dite « la Duchesse de Cambes ». C'est à cause d'elle que l'Aveyronnais qui sommeille en moi a dû mettre de l'eau dans son vin et accepter le Lot dans le panthéon de ses amours bucoliques.

Dans l'accueillant salon de sa maison du Rocassou, il y a au mur une sorte de mausolée, preuve de sa fidélité à son mari défunt. La photo de cet ancien militaire, que j'aurais aimé connaître, trône à côté de l'appel du 18 juin, mettant quiconque entre dans la pièce dans le carcan rassurant d'une vie bien tenue.

Dès notre première rencontre, Odette m'indiqua ses deux références de base, ses repères dans le monde moderne, à savoir *Paris Match* et Michel Sardou.

Ma vie professionnelle ayant commencé dans les couloirs de cet hebdomadaire et ma sœur ayant épousé le célèbre chanteur, je me sentis aussitôt accepté par la dame, ce qui n'était pas gagné d'avance, comme je le verrais par la suite.

En effet, si la table d'Odette est aussi large que son cœur, il n'est pas donné à tout le monde de venir s'y asseoir. Du reste, certains ayant abusé de sa générosité avec inélégance se sont retrouvés aussi sec au rayon des souvenirs.

Quelques ânes, quelques poules, Odette aime sa vie simple habitée par les évocations d'une existence parfois difficile sur laquelle elle ne s'étendra pas et les réminiscences de ses années tahitiennes, du temps où les voyages l'amusaient encore.

La grande passion d'Odette, c'est la cuisine, elle aime à en parler autant qu'à la faire et se retrouver chez elle est toujours une fête.

Mon amie Julie Andrieu ne s'y est pas trompée.

En imaginant avec Odette un livre de recettes autour du canard, elle eut plus de succès que moi avec mon premier livre sur les années soixante.

(Johnny Hallyday détrôné par un colvert, c'est un comble !)

Je ne remercierai jamais assez Jean-Louis Labit de m'avoir présenté Odette. Elle représente des valeurs et une gentillesse depuis longtemps disparues là d'où je viens.

D'ailleurs, lors de mon exposition à la mairie de Paris, je la présentai à Françoise Hardy comme ma petite sœur du Lot. C'était vrai et ça l'est toujours.

Patrick Modiano

Lorsque j'étais enfant, une actrice flamboyante aux accents d'Europe centrale venait parfois nous rendre visite chez mon père. C'était une amie de la famille, elle s'appelait Luisa Colpeyn. Elle tenait son fils par la main, et bien qu'il fût plus jeune que moi il était déjà plus grand. C'était Patrick Modiano.

Aujourd'hui à Paris nous habitons le même quartier, il m'arrive de le croiser ou de dîner avec lui et Françoise Hardy dont il est devenu l'ami.

Aussi loin que je me souvienne, Patrick a toujours été « ailleurs ». Dans ce monde qu'il réinvente sans cesse depuis le jour où l'étoile d'une certaine place lui a frappé les yeux[1].

Il faut le voir dans les rues de Paris, le nez levé vers une fenêtre, recomposant la vie d'inconnus dont les fantômes le hantent. La foule qui le croise ne remarque pas cette ombre en manteau noir qu'elle frôle sans savoir que dans cette tête qui la dépasse, il y a un étrange cerveau fasciné par le destin d'un autre, un inconnu souvent, un familier parfois.

Il peut rester des heures à fixer une persienne, à l'affût du moindre mouvement de rideau dans l'espoir de croiser un regard depuis longtemps disparu.

1. Allusion au roman de Patrick Modiano *La Place de l'Étoile*, Gallimard, 1968.

Dans les émissions littéraires que la télévision distille tard dans la nuit, parfois d'aucuns s'amusent de son inaptitude à jouer au tennis de la conversation.

Sa pensée filant plus vite que la parole, ses mots se cognent et laissent traîner des bribes, comme si le début d'une phrase réalisait l'inutilité de sa fin. C'est parce que, pour lui, l'important n'est pas à dire, il est dans les écrits de ses romans, lesquels composent une histoire sans cesse recommencée, une histoire sans frontière comme le fil de ses souvenirs.

Lorsqu'on parle avec lui, il suffit d'évoquer un cabaret ancien, une chanteuse aux accents de 78-tours et le voilà parti. Une pensée en entraîne une autre et il s'évade dans un univers qui n'appartient qu'à lui.

Il fait partie de ces gens extraordinaires que j'aimerais voir plus souvent puisqu'il habite à trois rues de chez moi.

Mais c'est à Paris que l'on connaît le mieux la solitude, justement parce qu'il y a « tout le monde ».

Dans les prairies du Causse où j'ai choisi de vivre, ce sont plutôt les vaches et les oiseaux qui passent.

Et parce que je sais qu'il n'y a aucune chance que je croise jamais Patrick Modiano, alors, Dieu merci, il me manque moins.

Laurette Moulet

Dès mon arrivée à Villefranche-de-Rouergue, pas loin du pont, mon attention fut attirée par un magasin vert foncé doté d'une vitrine dont la façade est inchangée depuis 1875, du temps où il était tenu par son fondateur, François Théron.

Une quincaillerie, une vraie ; d'ailleurs sur la vitrine, on peut lire « Articles de Paris », une fierté qui date de l'époque où l'on était encore ému par ce qui venait de la capitale.

Et là, dans l'allée centrale, plantée comme la gardienne du temple, il y a Laurette, l'âme de ce magasin.

Bout de femme énergique aux yeux clairs, elle règne sur un empire qui va de l'utile à l'agréable en passant par l'indispensable.

Petite fille de la guerre, sa santé fragile obligea ses parents paysans à la confier à son oncle et à sa tante afin d'être soignée en ville.

C'est de famille, chez les Moulet, on est faible du cœur, ce qui ne les empêche pas d'en avoir.

Depuis toujours donc, son monde oscille entre Villefranche-de-Rouergue et Sainte-Croix. Par ici, elle est vraiment chez elle.

« Je suis née dans une quincaillerie ! » aime-t-elle à dire, et c'est avec fierté qu'elle n'en a jamais bougé. Dans cette maison, on connaît les usages : vendre ne suffit pas. Il faut aussi conseiller avec la précision d'une horlogère et l'attention d'une pharmacienne, bref il faut savoir faire la conversation. Car c'est aussi pour ça qu'on vient chez Laurette. Quel est l'intérêt d'acheter des allume-feu si on ne parle pas du feu lui-même ?

« Je ne suis pas folle des ordinateurs machins-chouettes, moi, j'emballe encore dans du papier journal », dit-elle en riant.

Je me plais à penser que cet article enveloppera bientôt une lampe à huile ou un canif de Laguiole.

Laurette, c'est un peu l'Amélie Poulain de Villefranche. Regardez bien comme elle le tient, son commerce et ne l'oubliez pas, parce que, bientôt, un endroit pareil ne sera plus que dans les livres d'histoire, coincé entre la rubrique des marchands de couleurs et celle des cordonniers.

« *Douce France...* », etc.

Gérard Oberlé

À Paris, il y a deux écoles, ceux qui vont au Café de Flore et ceux qui préfèrent Les Deux Magots. Bien que penchant pour le premier, ce jour-là, je me suis rendu au second parce que l'on y remettait un prix littéraire à Gérard Oberlé.

La chance a mis sur mon chemin cet aristocrate voyou dont le talent d'écriture échappe aux pratiques en vogue dans les antichambres des maisons d'édition du 7e arrondissement. Je l'ai rencontré au cours d'un Salon du livre et nous nous sommes tout de suite reconnus. D'ailleurs, bien que plus jeune que moi, il me désigna aussitôt comme étant son fils, aussi lorsque je m'adresse à lui je l'appelle « Maman ».

Avec lui, pas de vulgarités pour faire branché, pas de langage « jeune » pour grimper dans les taxis de la mode. Ses livres ressemblent à son parcours, ils sont habités par les excès du jeune homme aventureux qu'il fut, et dont le destin fut chamboulé par la rencontre des livres. Passionné de beaux ouvrages, il en deviendra un des plus grands collectionneurs.

Son manoir du Morvan, merveille à la fois classique et généreuse, s'il est rempli d'éditions rares, est aussi une pierre immuable sur le chemin de jour en jour plus hasardeux de l'art culinaire français.

Dans sa cuisine comme dans ses écrits, Gérard Oberlé ne chipote pas.

Je vous prie de lire son roman *Retour à Zornhof*[1], parce que vous, les gens du Quercy-Rouergue, ressentirez mieux que quiconque l'humour et l'émotion qui se terrent dans ses mots.

Comme toute belle littérature, c'est facile à lire.

Vous retrouverez l'odeur des champs du temps passé, en croisant des personnages d'une France intacte, loin des américanisations mal digérées qui doucement s'immiscent sans vous consulter dans le paysage d'un avenir incertain. C'est bien simple, il parle de vous.

Si j'insiste pour que vous le lisiez c'est parce que je suis sûr de mon fait. Vous pouvez me faire confiance, je le connais.

Après tout, il est la mère que je me suis choisie.

1. Grasset, 2004.

Claudie Pradayrol

Si Dieu existait, je suppose qu'il me pardonnerait, mais le mot « raisonnable » n'a jamais fait partie de mon vocabulaire. Un jour qu'il pleuvait à Paris, je suis monté dans ma voiture en me disant :

« Je vais rouler vers le sud, tout droit jusqu'au soleil. L'heure est venue de changer de vie. »

C'est ainsi que j'arrivai un soir dans la ville de Figeac. Sur la place Champollion, il y avait cette avenante terrasse de café et derrière le comptoir, il y avait Claudie Pradayrol.

À cause de son port de tête, je l'appelai immédiatement « la Princesse ». Mais c'est bien son seul point commun avec les têtes couronnées, car si ces dernières ont pour postulat de se la couler douce, elle, en revanche, ignore le repos ou la détente.

Obtenir d'elle une accolade de bienvenue tient déjà du tour de force. On est prié de prendre sa place dans la file d'attente, tant chaque minute de sa vie est consacrée à la bonne marche de son établissement.

Le samedi matin, jour de marché, accompagnée des jeunes personnes qui composent sa troupe, il faut la voir s'adonner à un ballet à faire passer Maurice Béjart pour un joueur de pétanque.

Elle a les yeux partout, du bar aux tables, du frigo aux assiettes, les verres, les cendriers, elle jongle avec ses mains, je ne sais même pas combien elle en a (deux je suppose, je n'ai jamais eu le temps de compter), ça tient de la pieuvre. Et toujours ce sourire, malgré une évidente fatigue qu'elle cache nonchalamment sous un humour léger, l'air de rien, en passant.

J'espère que le soir, quand elle rentre chez elle, il y a quelqu'un pour lui caresser la main, ou un chien pour se frotter contre elle, ou ne serait-ce qu'une grenouille douée pour la chansonnette. Elle mérite qu'un être la regarde comme la princesse qu'elle est.

Claudie n'aura pas le temps de lire ce petit article, et comme j'aimerais vraiment qu'elle ait une vague idée de mon estime soyez gentil de le lui lire. Mais attention. Il vous faudra marcher derrière elle, voire courir.

Hélène Grimaud

La télévision n'est pas toujours l'objet inutile que l'on pense.

C'est en effet en regardant une émission que Françoise Hardy se prit d'une passion débordante pour Hélène Grimaud. Depuis ce jour, Dutronc et moi nous remercions le ciel, car depuis qu'elle s'est jetée à corps perdu dans l'étude du répertoire de cette virtuose, elle a, par la même occasion, cessé de nous parler d'astrologie. Je ne sais pas si vous réalisez le soulagement.

Françoise me fit rencontrer Hélène lors d'un passage à Paris.

Leur connivence était belle à voir. Toujours très attentif aux emballements de « l'Excellente », après quelques mois d'attente, j'obtins enfin une séance de photos avec Mlle Grimaud dans la ville de Lille, où elle donnait un concert.

Personne n'imagine l'emploi du temps d'une pianiste classique lorsqu'elle atteint ce degré de popularité. Entourée de quatre agents de par le monde, son quotidien est réglé à l'heure près pour plus de trois ans à l'avance. Croyez-moi, il est bien plus facile de rencontrer un président de la République que d'obtenir un rendez-vous avec Hélène Grimaud.

Elle entre dans la pièce et vous regarde en vous donnant l'impression de voir à travers vous, et pourtant, à ce moment précis, elle ne pense à rien d'autre qu'à votre petite personne.

Son rythme de vie lui donne un sens du moment qui la laisse étrangère aux babillages de salon.

Elle va tout de suite au but et vous invite un court instant dans son monde, une planète au-dessus du commun, une sorte de bulle peuplée de pensées poétiques, de recherches d'authenticité, de rigueur vers les autres et d'exigences envers soi. Une musique des mots que ses loups comprennent mieux que quiconque.

Pendant la séance de photos, alors qu'elle sort d'une répétition pour le concert du soir, voilà qu'elle s'abandonne, j'en deviens presque timide. Toute la magie du métier de photographe tient dans ces deux heures : pouvoir dire à une personne d'exception « tournez un peu la tête à droite, s'il vous plaît », alors qu'on ne la connaissait pas la veille.

À la terrasse d'un café, le menton posé sur une main, Hélène regarde mon objectif.

Deux dames d'un âge certain me reconnaissent et me demandent un autographe. Situation grotesque.

En face de moi il y a cette merveille pour laquelle même le mot « star » est bien trop vulgaire et elles me voient moi, sorte de Zelig, dont le seul fait d'armes aura été d'avoir le privilège de croiser du beau monde.

Avec Françoise, nous allons parfois l'écouter en concert. Magie à chaque fois différente, toujours renouvelée. Quelques phrases échangées, puis elle repart ailleurs, vers sa vie qui ne vous appartient pas.

Bernadette Galan

Ma coiffeuse s'appelle Bernadette et j'aime autant vous dire que ma décision est prise : pour un garçon comme moi qui, sous une apparente nonchalance, fait en réalité grand cas de son physique, il ne faut pas mettre sa tête entre n'importe quelles mains.

D'abord, Bernadette est de Villefranche, ce qui me rassure. Elle y est née et elle y travaille depuis vingt ans. Ensuite, elle a l'allure d'une Marlène Jobert moderne avec, dans les yeux, un soupçon de Mylène Farmer, ce qui ne gâte rien.

Un peu étonnée que je veuille parler d'elle, elle me déclare aussitôt :

« J'ai une vie sans histoires ! »

C'est faux puisqu'elle a deux fils et un mari au métier intelligent (à savoir un métier manuel).

Ensuite, elle apprécie la qualité de sa vie dans la région à sa juste valeur et elle a la sagesse de n'en pas demander plus.

À une époque où tout le monde ne rêve que de passer à la télé, Bernadette ne réalise pas qu'aujourd'hui c'est elle qui est originale.

Après avoir suivi un apprentissage à l'école de Toulouse, depuis vingt ans donc elle s'adonne à ce métier au même endroit, un salon de coiffure nommé « Elle et Lui » (donc, pourquoi pas moi ?).

Il est situé près du fleuve, au pied de la ville, un quartier en pleine mutation, puisque l'on y construit un complexe immobilier dont je dirai qu'à première vue l'architecture ne risque pas de vous mettre à genoux d'admiration. Affirmer que les couleurs approximatives de cet immeuble apporteront le bonheur à ses habitants serait hasardeux. J'aurais même tendance à penser que par l'audace de ce moderne camaïeu, il y a des chances pour que ces derniers se fassent des cheveux. Ce dont je me réjouis pour Bernadette. Cela aura au moins l'avantage d'amener du monde dans son salon. Le propriétaire de l'établissement partant à la retraite, c'est elle qu'il a choisie pour reprendre la direction de l'établissement. Je vous l'avais bien dit que je ne mettais pas ma tête entre n'importe quelles mains !

Michel Polnareff

Drôle de destin que celui de Michel Polnareff ! Comme beaucoup de mes amis des années soixante, il déteste évoquer le passé, préférant prolonger indéfiniment son présent dans le « no man's land » de Los Angeles, cette page blanche sur laquelle on croit pouvoir réécrire sa vie puisque ce n'est qu'un décor. Les maisons y sont belles, mais on les dirait vides, sans mystère. Ainsi que le disait Charles Trenet : « Hollywood est un cimetière pour chiens. »

Il y a quelques années, *Paris Match* m'avait envoyé là-bas pour des photographies de Michel en vue d'une couverture. Il avait l'air content de me voir. Il faut dire que j'imaginais très bien sa solitude. Y ayant moi-même vécu des années, je connais ces collines où il y a « tout le monde », et où on peut passer des années sans rencontrer personne.

Il était beaucoup plus calme qu'au temps où il montrait son cul à la France entière.

Il me dit qu'il préparait un disque rempli de ces chansons attendues depuis des lustres par ses admirateurs.

Et toujours cette allure inventée il y a plus de trente ans, mi-culturiste floridien, mi-martien futuriste, pouvant rire de lui-même mais n'aimant pas qu'on le moque. Plus sûr de lui que jamais pour mieux planquer sa timidité derrière ses hublots bakélites.

Je me souviens du temps où on voyait ses yeux, lors de notre première séance, en 1966. On aurait dit un étudiant rêveur avec la moue de Françoise Sagan. Sur les quais de la Seine, il avait joué de la guitare pour des passants curieux. Ceux-ci, sans le formuler, pressentaient que ce garçon étrange n'était pas de leur monde.

Sans forcer le hasard, il était déjà « ailleurs ».

Ensuite, dans le hangar qui lui servait de maison, on avait pris un verre. Et pendant que j'écoutais sa musique sur un magnétophone, il évoluait à vélo au milieu de canapés fatigués.

À Los Angeles, la séance de photos fut facile, il avait l'air calme et heureux. Mais lorsque je lui montrai les tirages, il détourna les yeux et il nous fallut bien une heure pour trouver une photo qui ne le déçoive pas.

Il n'a jamais aimé se voir.

Quand je lui demandai s'il comptait bientôt le sortir, ce disque mystérieux, il me dit comme une évidence qu'il devait le finir.

Mais quand le finira-t-il ?

C'est quand même étrange d'être à ce point tourné vers le futur tout en redoutant l'avenir.

Carole et Hassan Benhamed

S'il est une chose à laquelle je ne m'attendais pas en arrivant dans la région, c'est bien de tomber sur de véritables admirateurs de Salvador Dalí. En effet, Carole et Hassan Benhamed ne cachent pas leur jeu puisque leur restaurant, lequel surplombe la belle place de la bastide, s'appelle rien de moins que le Dali's.

Il se trouve que j'avais rencontré le grand peintre espagnol à Cadaqués dans les années soixante au cours d'une séance de photos avec Françoise Hardy. Il m'avait d'ailleurs accueilli un peu froidement, tant il était intéressé par mon amie chanteuse. Les choses s'étaient arrangées par la suite grâce à sa femme, Gala, et je garde un souvenir merveilleux de ces jours passés dans sa maison. L'homme avait le sens du spectacle, je n'avais eu qu'à le suivre, il nous avait fait un show incroyable durant toute une journée.

Bien sûr, moi, j'étais aux anges et je me souviens surtout de Françoise, un peu timide, qui suivait le mouvement sans dire un mot.

Et voilà qu'au cœur de l'Aveyron, je tombe sur Hassan, dont le moins que l'on puisse dire est qu'il ne manque pas d'imagination.

Né à Oran, c'est grâce à son père qu'il est venu s'installer dans la région il y a quelques années. Un jour, il a acheté une boucherie chevaline et l'a transformée en un restaurant chaleureux dédié à l'artiste espagnol.

Je suis sûr que ce dernier aurait aimé l'idée qu'on mette un endroit destiné à déjeuner gaiement à la place d'un abattoir pour chevaux.

La tête tout à ses rêves daliniens, lorsqu'il a vu Carole passer devant son établissement, Hassan a reconnu sa Gala et il n'a pas hésité longtemps. On le comprend.

Il faut dire qu'elle est beaucoup plus belle que la femme du grand peintre. Vous pouvez me croire, la chance et mon métier m'ont fait croiser du joli monde, donc je ne parle pas au hasard.

Ces deux-là, par leur ouverture d'esprit, représentent bien l'avenir de notre pays, à condition que la France ne se laisse pas enfermer dans de vaines et stériles peurs cocardières qui nous mèneront tout droit à n'être rien d'autre que le jardin d'acclimatation de l'Europe. D'Oran à Villefranche-de-Rouergue, le chemin peut être très long, et il n'a pas dû être si simple pour Hassan de se faire accepter.

Dieu merci, il est là pour de bon, je n'ai plus à lui souhaiter bienvenue, au contraire c'est lui qui le fait et c'est avec plaisir que je m'assois à sa table.

Marc Levy

Le hasard fait que je connais Marc Levy depuis qu'il est né. En effet, ses parents étant depuis toujours les meilleurs amis des miens, je l'ai donc vu naître, puis grandir, on ne s'est jamais quittés.

Il y a quelques années nous avions encore l'habitude de louer ensemble des maisons en Corse pour les vacances.

Son succès me réjouit d'autant plus qu'à l'époque, il était architecte et dirigeait une société spécialisée dans les cloisonnements de bureaux. Il évoquait rarement l'idée d'écrire, de crainte d'avoir à essuyer les sourires entendus et autres sarcasmes que lui réserveraient ses amis devant l'envie sincère qui était la sienne.

Sans faire de bruit, il a donc écrit son premier livre, lequel est devenu le best-seller que l'on sait[1].

Parmi les milliers de gens que j'ai croisés, ils sont nombreux ceux qui comme le chantait Michel Berger « auraient rêvé d'être un artiste » et très peu ont atteint leur but. Lui, il y est arrivé. Les deux spectacles que je préfère étant ceux de l'intelligence et de la faculté à inventer sa vie, Marc me touche d'autant plus qu'il possède les deux.

---

1. *Et si c'était vrai…*, Robert Laffont, 2000.

En France, le succès est mal vu, surtout si l'on est français, il a donc depuis cinq ans essuyé les railleries de l'intelligentsia parisienne. Ce petit monde fermé, cloisonné entre le 6e et le 7e arrondissement de la capitale, persuadé d'être le centre du monde alors que ce n'est plus le cas depuis quarante ans, n'accepte pas facilement les ovnis inconnus de leur sérail et si en plus ils ont le toupet d'accéder à la gloire, ils se retrouvent carrément maudits.

En l'occurrence, lui n'en a cure puisqu'il est parti pour Londres et vit maintenant à New York.

Il en va de l'amitié comme de l'amour : le seul critère de valeur, ce sont les preuves que l'on vous donne. Sur ce terrain, Marc a fait un sans-faute. À un moment précis de ma vie sur lequel je ne m'étendrai pas, il a été le seul à me tendre la main.

Mais la vie fait parfois bien les choses, car depuis que mon père nous a quittés (il me manque tous les jours) et parce que, malgré mes enfants dont je suis très fier, je suis beaucoup plus un fils qu'un père, il a fallu que je m'en choisisse un autre.

Il se trouve qu'il s'agit justement de Raymond Levy, le père de Marc. Vous ne le connaissez pas mais, croyez-moi sur parole, humainement c'est une rareté.

C'est donc lui que j'ai choisi pour remplacer mon père. Et maintenant, à son insu, Marc se retrouve mon frère.

J'avais déjà Dutronc, maintenant ils sont deux.

Ingrid Betancourt

Un jour, mon ami et éditeur Bernard Fixot me demande de faire des photos pour la couverture du livre d'un auteur que je ne connais pas. Rendez-vous est pris dans un studio et je vois arriver une jeune femme à l'air timide, pour qui l'idée de poser est apparemment une abstraction. Elle n'en a pas l'habitude, pour elle ce n'est rien d'autre qu'un mauvais moment à passer.

Fixot ne m'avait pas donné de détails, et pour moi elle n'était donc que l'auteure d'un livre de plus. Comment aurais-je pu imaginer que je me trouvais en présence d'une personne qu'un courage insensé allait bientôt transformer en victime ?

Nous parlions la même langue, mais elle était tellement silencieuse que je crus qu'elle ne parlait pas le français – alors qu'elle l'écrit mieux que moi. L'instant était curieux. Nous communiquions par gestes, et je me souviens surtout de ce moment de tendresse qui peut s'immiscer parfois dans une séance de ce genre. Nous nous prenions au jeu, échangeant les regards chaleureux de ceux que tout sépare. Je sais bien ce que vous vous dites : il brode sur un moment passé, le tragique des événements a gonflé l'importance de son souvenir, bref le petit Jean-Marie se fait encore du cinéma puisque rêver est ce qu'il fait de mieux.

Eh bien, non. Vous vous trompez. Je suis certain que durant cette séance, il s'est passé quelque chose de rare, un instant de connivence comme j'en vis parfois avec les gens qui se retrouvent devant mon objectif.

C'est l'un des plus jolis privilèges de la photographie. L'impression tacite qu'un lien aurait pu se nouer, qu'une amitié future aurait pu naître, et nous le vivions comme deux adultes qui savaient qu'ils ne se reverraient jamais.

Elle est maintenant quelque part dans la jungle colombienne, loin de sa famille, loin de sa vie, loin de tout. Je ne sais pas si elle se souvient de ce photographe qui la regardait avec tendresse dans ce studio parisien, mais moi, souvent je pense à elle et je regrette encore de ne pas avoir eu le courage de lui baiser la main.

Aujourd'hui, une des photos que j'avais faites d'elle trône sur les façades des mairies de France, c'est sûrement celle dont je suis le plus fier.

Ne l'oublions pas, voulez-vous ?

*

Dieu merci, comme chacun sait, ça s'est bien terminé. Mais je ne l'ai jamais revue.

Michel Charme

La grande actrice américaine Mae West avait pour habitude de dire : « Vieillir est une affaire d'athlète. »

Michel Charme est une belle représentation de cette phrase. Être doué pour le bonheur réclame un labeur quotidien. Comme tous les gens qui, jusqu'au bout, ont bien fait leur travail, ce retraité de l'EDF est un homme très occupé.

Entre la pêche, la chasse, la cueillette des champignons, l'organisation de dîners ou de fêtes, sans compter l'éducation de son dernier fils, il est de ceux dont l'agenda est rempli à longueur d'année. Savoir vivre l'instant est un art et c'est donc avec joie que je vous présente le Léonard de Vinci du genre.

Chez lui, tout est générosité et sens du moment présent.

Il sait que la vie n'est pas longue, aussi fait-il tout ce qu'il peut pour que vous ne l'oubliiez pas. Il aime la nature et elle le lui rend bien.

L'autre jour, sur les bords du lac du Tolerme, pendant qu'il amorçait les lignes des enfants tout en surveillant de loin le barbecue, une image me revint de mes vacances à la campagne du temps de mes dix ans.

J'avais un ami de la même trempe pendant les vacances chez ma mère à la campagne. Il s'appelait Biquette. Il avait mon âge et était bien le seul dans le coin à ne pas me traiter comme un Parisien. Aucune rivière n'avait de secret pour lui. Parfois, il entrait dans l'eau jusqu'à mi-genoux et restait là, courbé pendant une heure. Sans dire un mot, doucement, ses mains remontaient le cours de la rivière en leur donnant le mouvement souple des herbes. Il avançait ainsi jusqu'au repaire d'un poisson, là il lui caressait le ventre en imprimant à ses mains le mouvement des algues. Puis tout à coup, ses mains jaillissaient de l'eau, tenant une truite qu'il jetait sur le bord.

Alors, il disait, sans en saisir vraiment le sens, une phrase qu'il tenait de son père : « Encore une que les Allemands n'auront pas ! »

La guerre était loin, pour lui c'était un jeu.

Je ne sais pas où est Biquette aujourd'hui, disparu peut-être. Il me manque parfois.

Mais désormais ce n'est plus grave puisque la vie m'a fait le cadeau d'un nouvel ami tout neuf, et qui lui ressemble.

Il faudra quand même que je demande à Michel Charme s'il sait pêcher les truites à la main…

Eddy Mitchell

Eddy Mitchell est la plus sympathique des énigmes. Je l'ai connu en 1961, pendant mon service militaire en Algérie où il était en tournée.

Il fut mon premier choc avec le rock français et même avec le rock tout court, attendu que je ne connaissais que le jazz. Sa dégaine et son insolence m'avaient littéralement sidéré. Voir tout un corps d'armée à genoux devant ce type à l'humour caustique, dont l'allure de voyou était un bras d'honneur à l'éthique militaire, m'avait emballé pour les trente années à venir.

Eddy a toujours été un savant mélange d'arrogances matoises et de courtoisie de haut lignage.

De tous ceux que j'ai croisés dans les années soixante, il est celui qui eut le plus de recul. Du temps de sa passion pour les États-Unis, il mélangeait allègrement culture et naïveté. Je pus le constater durant le premier voyage que nous fîmes ensemble dans l'Ouest américain.

Alors que je l'attendais à l'aéroport de Dallas, je vois descendre du Super Constellation des hommes d'affaires au costume raide, arborant le sourire carnassier des conquérants du monde et à la main la mallette Samsonite synonyme à l'époque du businessman moderne. Et, au milieu, voilà que descendent un cow-boy et une Indienne, Eddy Mitchell et sa femme, la tête pleine d'espoirs en VistaVision.

Bientôt, sur une route infinie digne des paysages de John Ford, tout en conduisant ma Cadillac de location, je pourrai voir la déception d'Eddy assis à l'arrière, catastrophé par les faux villages d'Indiens que nous traversions. On lui avait tué son Ouest. Lui qui avait cette folle envie d'approcher ses rêves ne reçut que la déception d'un enfant devant le mensonge du père Noël.

C'est ce jour-là, sans doute, qu'il comprit que ce pays était mieux à l'écran que dans la vraie vie et que l'Amérique, ce vieux rêve, était en train de devenir un rêve de vieux.

Sa culture du cinéma sous-titré l'a conduit à devenir lui-même un formidable acteur et petit à petit il est en train de ressembler à John Wayne, son idole. Regardez-le bien, vous verrez c'est flagrant.

La dernière fois que l'on s'est croisés, c'était il y a deux mois, je lui avais organisé un déjeuner avec Dutronc, car je suis toujours étonné que ces types qui se connaissent depuis l'enfance, malgré une estime et une tendresse réciproques, ne se voient jamais. Alors parfois, j'organise, c'est un rôle comme un autre.

Dutronc n'est pas venu ; comme souvent, j'ai donc pu apprécier en compagnie d'Eddy un moment de tête-à-tête aussi rare que réjouissant.

Je n'ai jamais su ce qu'il pensait vraiment de moi, mais lorsque je lui téléphone il rappelle toujours – ce qui est déjà beaucoup – et si je l'invite il vient – ce qui n'a pas de prix.

Dans la famille que je me suis choisie, rassurez-vous, il y a des gens que vous ne connaissez pas parce qu'ils ne sont pas célèbres, mais il y a aussi Françoise Hardy, Jacques Dutronc, Sylvie Vartan, Johnny Hallyday et Eddy Mitchell. Et ce dernier n'est pas des moindres, mais il ne le sait pas.

Carole Martinez et Laurette Soen

Soyons réalistes, en France l'ambiance est à la morosité. Je lis partout que les jeunes sont de plus en plus séduits par l'idée de s'expatrier, qu'à Londres ou à Madrid l'herbe est plus verte, comme si l'avenir de ce pays était derrière nous. Ça reste à voir. Il y a, Dieu merci, des gens pour ne pas tomber dans ce panneau-là.

Un jour que vous passez par la place Notre-Dame à Villefranche, restez donc un moment en haut de la rue du Sergent-Bories et vous assisterez au va-et-vient de deux jolies personnes traversant, qui avec un café, qui avec une crêpe.

Carole Martinez et Laurette Soen, les actrices de ce petit ballet, ont ouvert presque en même temps deux endroits qui leur ressemblent. Cinquante ans à elles deux, elles ont décidé de prendre le taureau par les cornes, prouvant ainsi qu'il n'est pas nécessaire d'être anglais, allemand ou hollandais pour aimer vivre ici.

Carole fait des infusions et des thés en feuilles aux arômes inventifs et Laurette s'agite aux fourneaux pour imaginer des crêpes au secret bien gardé. Si leurs produits sont bio, ce n'est pas par hantise de rater une mode, c'est parce qu'elles aiment ça. Vous pouvez boire un thé de Carole à la terrasse de Laurette ou apprécier les crêpes de Laurette dans le salon de Carole. Car en plus, elles s'entendent bien et se soutiennent l'une l'autre contrairement aux adultes soi-disant raisonnables qui n'ont de cesse de se crêper le chignon au moindre voisinage.

Elles se sont frottées aux indicibles joies de l'administration, aux pas de danse avec les banquiers (lesquels leur ont d'ailleurs assez vite accordé leur confiance, comme quoi il n'y a pas que des mauvais bougres dans la banque) et à la poétique paperasserie de la Chambre de commerce.

Leurs charmants visages pour toute publicité, elles ont attendu les clients avec un peu d'angoisse et voilà qu'ils sont venus. Tôt le matin jusque tard le soir, elles font marcher leurs petits commerces au lieu de fantasmer sur la Star Ac comme beaucoup des jeunes rêveurs modernes.

Carole a déjà dans les yeux la sagesse d'une mère. (Vingt-cinq ans et déjà un enfant de quatre. Courage !)

Quant à Laurette, elle attend l'âme sœur. Les filles jolies et dégourdies étant une denrée appréciable, messieurs les jeunes gens, si j'avais votre âge j'irais faire un tour dans le quartier. En piste !

Frédéric Beigbeder

Ils sont rares ceux qui ont le courage de tout faire pour qu'on ne les aime pas dans le seul but qu'on les aime.

S'il est quelqu'un qui représente au mieux l'esprit parisien dans ce qu'il devrait avoir de noble, c'est bien Frédéric Beigbeder.

Dans sa famille de gens « bien », il est vite perçu comme l'enfant terrible que Cocteau n'aurait pas renié.

Avec l'arrogance comme cache-misère de sa timidité, il se joue des courants, pendant que, sous son rire électrique et son espièglerie désespérée, se dissimule l'enfant qui n'a pas oublié le visage qu'il avait avant de découvrir que le succès rend beau. L'énergie folle qu'il met à se fuir ne lui permettra jamais d'échapper à sa condition.

Frédéric est un classique, c'est peut-être là son drame et sa seule chance de salut.

Quand il met son talent au service d'un parti communiste qui représente la négation même de ses racines, il se brûle par plaisir en remerciant (sans doute) secrètement le ciel que cela ne puisse réussir.

Sa culture qui l'a porté à être directeur littéraire d'une grande maison d'édition, il va la mettre au service du pire des journaux *(Voici)*, à seule fin de donner un accès à la beauté des mots aux lecteurs de cette presse qui, comme chacun sait, ne se trouve pas que dans les salles d'attente des médecins.

Avec lui, il faut savoir lire entre les lignes et faire vite, car c'est un pressé de la vie. Il veut tout. L'épouse, les enfants, les succès même faciles, mais aussi le Goncourt, l'argent tout de suite et la liberté de ne pas en dépendre, il veut la solitude des limousines et des bains de foule de rock star, tout en s'asseyant sur le sable du Pays basque les jours où il n'y a personne, il veut toutes les femmes au risque de perdre celle qui peut être la sienne, il ne veut pas mourir, il ne veut pas être vieux, pourtant il a déjà cent ans puisqu'il sait que l'amour dure trois ans[1].

Il est beaucoup plus intéressant que les fantoches médiatiques avec lesquels il s'acoquine. Il cherche absolument à noyer le poisson, jeu dangereux puisque le poisson, c'est lui.

Ne vous y trompez pas, il est de ceux par qui les révolutions arrivent, car, ainsi que le disait mon ami Paul Gégauff, « En tant que disciple de Lénine et de Marx, il milite et défend la classe de la société à laquelle il appartient, c'est-à-dire la bourgeoisie. »

J'espère seulement que l'attraction du pouvoir de la télévision, dont il se joue avec insolence, ne l'empêchera pas d'écrire tous les livres qu'il porte en lui en dépit de tous ceux qu'il a lus.

Quant à moi, bien que trente ans nous séparent, j'espère arriver à rester son ami.

---

1. *L'amour dure trois ans*, Grasset, 1997 ; Folio, 2001 ; Le Livre de Poche, 2012 au moment de la sortie du film.

Julie Andrieu

Je suis heureux de vous présenter ma meilleure amie. Vous la connaissez, elle présente des émissions culinaires à la télévision, elle publie des livres, bref elle prouve avec talent qu'on peut parler de cuisine sans forcément ressembler à Maïté.

Lorsque je l'ai connue, elle avait dix-sept ans, le mental d'une femme de trente, des yeux d'enfant et physiquement c'était une bombe.

Le plus touchant, un peu à l'instar de Françoise Hardy en 1962, c'est qu'elle ne s'en rendait pas bien compte.

Ce genre de trésor d'incertitude se cache parfois derrière une trompeuse émancipation. La beauté est une arme à double tranchant, elle n'est une promesse de bonheur que si on la rassure, sans quoi elle peut conduire à la solitude qu'engendre le regard des autres.

Élevée seule par sa mère, l'actrice Nicole Courcel, elle ne voyait le monde que par les yeux d'une femme.

Les hommes, eux, ne percevaient d'elle que l'écorce, ils admiraient une blonde sûre de ses réponses alors qu'elle n'était qu'une question.

Malgré lui, son père la connut sur le tard, j'ai donc un peu pris sa place pendant quelques années, postulat qu'il acceptera d'ailleurs plus tard avec une grande élégance.

Mais derrière sa fragilité se cachait un caractère qui n'est pas sans me rappeler ces gens des campagnes françaises qui ne cessent de tellement m'étonner.

À l'époque, elle voulait devenir photographe. Parfait, je pouvais sans doute l'aider, jusqu'au jour où je compris que son vœu le plus cher était certes de devenir photographe, mais DE GUERRE. L'effroi me glaça à l'idée que Julie descende d'un avion en Tchétchénie le poitrail bardé de Leica, sous l'œil intéressé des militaires du coin l'attendant à cent mètres de là pour lui faire goûter les joies de la tournante.

Dieu merci, je pus l'en décourager.

Éprise de cuisine, je l'emmenai dans notre région. Elle eut aussitôt l'idée de publier un livre sur les mille et une façons de cuisiner le canard avec l'aide d'Odette Aubertin, la reine du Lot. Résultat, une des plus belles ventes de livres de l'année. D'aucuns pourraient penser qu'elle a de la chance, mais croyez-moi elle se la fabrique. J'espère que les décideurs parisiens auront l'intelligence d'exploiter ses talents avant que les Américains ne nous la prennent.

Comme je vous le disais, avec Françoise et ma sœur, Anne-Marie, elle est aujourd'hui ma meilleure amie, celle sur laquelle je peux compter pour les derniers cent mètres, lesquels commencent à pointer leur nez de façon inexorable.

Car, trêve de plaisanterie, depuis le temps que je suis jeune, figurez-vous que je commence à me faire vieux.

Benicio del Toro

En 1988, j'étais aux États-Unis un des rares émigrés français au moment où la mode était aux Européens, jouissant de la situation exceptionnelle de metteur en scène de films publicitaires. Cette condition me conférait tous les pouvoirs, tous les joujoux d'Hollywood étaient à ma disposition.

Un jour que je préparais à Los Angeles un film pour des jeans suédois (!!!), on me proposa un casting d'acteurs pour le rôle principal.

Sur un grand écran, les postulants se suivaient les uns après les autres, vantant leurs mérites sans pudeur aucune comme c'est l'usage là-bas. (« Je suis le meilleur, c'est moi qu'il faut engager », etc.)

À un moment sur l'écran, apparaît un jeune homme, la tête baissée, qui décline son identité de façon agressive.

Visiblement, il ne voulait pas de ce job. Forcément intrigué, je demandai aussitôt à le rencontrer. Il s'appelait Benicio del Toro. (Déjà, rien que son nom...)

Il m'avoua qu'il était venu sur l'ordre de son agent, mais qu'il ne voulait à aucun prix faire de publicité.

Cette attitude est tellement rare dans une ville où les gens sont capables de tout pour être face à une caméra que je l'invitai à déjeuner avec la ferme intention de le faire changer d'avis.

« Ce film ne sera vu qu'en Suède, lui dis-je, fais-le : avec cet argent tu pourras vivre un an. »

C'était vrai, à l'époque, il suivait un cours de comédie et n'avait pas un rond en poche. J'insistai beaucoup et il finit par accepter en me disant cette phrase merveilleuse :

« Après tout, tu as raison. C'est comme si j'envoyais une lettre sur la lune ! »

À cette seconde, j'étais séduit tant par son honnêteté que par son sens de la poésie. Nous fîmes donc ce film, puis je l'emmenai à Barcelone tourner un clip antidrogue que je produisais pour les chaînes françaises.

Je le trouvais tellement étonnant que je me mis aussitôt à écrire pour lui le scénario d'un long métrage à tourner dans le Mississippi.

N'avoir pas réussi à faire ce film est le regret de ma vie. Nous avons ensemble passé six ans à tenter de le monter, mais il n'était qu'un Portoricain inconnu et moi un metteur en scène français absent du box-office d'Hollywood.

Ces inconvénients conjugués nous fermaient toutes les portes et nous n'avons jamais pu aboutir. Tant pis.

Aujourd'hui, il est devenu une star aux cachets mirobolants et son succès me venge du manque d'imagination des producteurs.

Je l'ai revu il y a quelque temps alors qu'il avait fini la promotion d'un film. Ses attachés de presse new-yorkais estimant qu'il en avait assez fait, lorsque *Paris Match* demanda un rendez-vous, ils refusèrent. Mais lorsque Benicio apprit que j'étais le photographe, à leur grand étonnement il leur dit :

« Si c'est Jean-Marie, c'est où il veut, quand il veut. »

Une star américaine qui a de la mémoire...

Vous voyez bien, quand je vous disais qu'il était rare.

Aline Brisebois

Je ne sais plus qui disait : « Il n'y a pas d'amour, il n'y a que des preuves d'amour. » Si vous voulez en voir une belle, passez donc par Villeneuve et, à côté du café sous les arcades, vous verrez la porte d'entrée d'un musée.

Alors, évidemment, si je vous annonce que vous pourrez sur trois étages y admirer des objets de la vie familiale et de l'artisanat français, je vous vois déjà bâiller rien qu'en lisant ces lignes.

Eh bien, vous avez tort. La collection présentée par Aline Brisebois est un des plus beaux voyages poétiques disponibles dans la région (j'entends par là le Midi-Pyrénées au sens large).

Ce parcours dans le temps est un émerveillement pour petits et grands, tant par la qualité des objets que par le soin qu'Aline met dans leur préservation. Je n'ai jamais vu autant de délicatesse et de méticulosité mises au service d'ustensiles que l'on croit anodins tant que l'on ne s'est pas, comme elle, donné la peine de les regarder de près. Deux fois par an, Aline nettoie elle-même, de ses doigts graciles, les deux mille pièces de sa collection pour les garder en vie. Ou plutôt pour que l'on n'oublie pas la vie cachée derrière chacun d'eux.

Car ils ont tous une histoire, parfois heureuse, parfois triste. Au hasard, j'en veux pour preuve ce cadeau de mariage, une tabatière sur laquelle une main hésitante a gravé : « Unis malgré l'envie. »

Quel drame se dissimule derrière ces quelques mots ? Une union obligée ? Une existence étouffée par les rites d'un temps où l'arrangement familial était de mise, où la notion de bonheur se pliait devant celle du devoir ?

Si cette phrase m'a tant marqué, c'est surtout parce qu'elle symbolise exactement le contraire du destin des Brisebois.

En effet, derrière tout cela, il y a aussi une histoire, mais là c'est une histoire d'amour.

M. Brisebois a deux défauts impardonnables : il a réussi sa carrière et son mariage. Après une vie de travail bien remplie, sa réussite est méritée et si elle se voit tant pis. (Ce qui est très mal. En France, quand on a de l'argent, on est prié d'en avoir honte.) Ensuite, il aime sa femme. Totalement. Plus encore que sa collection de Dinky Toys, ce qui est tout à fait déraisonnable.

Ce n'est pas si fréquent, un homme qui, après des décennies de mariage, vous déclare qu'il aime son épouse plus que tout. Moi qui n'ai réussi que mes divorces, sa phrase m'en a filé un bon petit coup au moral.

Mais il faut reconnaître que si vous regardez bien Aline dans les yeux, vous comprendrez alors, comme moi, ce qu'il veut dire. Et vous verrez que, derrière chaque objet, on sent cet amour-là.

Vincent Lindon

Vincent Lindon n'a pas de temps à perdre. Chaque minute compte. Tout moment en sa compagnie est privilégié puisque, contrairement aux acteurs en général, lorsqu'il se branche sur vous il en oublie le monde. Mieux, à l'instar d'une Simone Signoret, s'il vous parle de vous, il sait s'oublier, lui.

Dans sa tête, il y a un calepin sur lequel le moindre détail de votre vie est répertorié et à chaque fois qu'il vous rencontre, sans rien vous dire, automatiquement il le compulse et le remet à jour. Tout y est, même la couleur de la chemise que vous portiez la première fois que vous lui avez serré la main.

C'est, du reste, son calvaire, il n'a jamais la paix, tout doit être rangé dans un ordre connu de lui seul. C'est peut-être de là que lui viennent ses tics, ils sont les marque-pages de cet ordonnancement secret.

Vincent est un perfectionniste, d'abord parce qu'il sait dire non.

Du reste, j'ai toujours pensé qu'on devrait toujours juger un homme sur ce qu'il a refusé de faire et non sur ce qu'il a fait. Impossible, hélas, car des gens on ne voit que la face visible de l'iceberg.

Le cinéma est sa vie et il est loin d'en avoir exploré tous les recoins.

Il a le charme des gens qui ne comptent pas que sur leur apparence. Dans son travail, il a la méticulosité des inquiets, ne laissant jamais au hasard les détails qui tendent vers la perfection.

Un jour que je lui parlais d'une idée de scénario, il m'a tout de suite répondu que l'esprit en était obsolète, que ce n'était qu'une réminiscence des années soixante-dix, bref il m'a dit gentiment que j'avais des idées de vieux. C'est la plus belle preuve d'amitié qui m'ait été donnée depuis longtemps. Il aurait pu biaiser, faire des circonvolutions polies, mais je vous le dis : il n'a pas de temps à perdre et donner son avis à un ami ne souffre pas l'hypocrisie, il est donc allé droit au but. Direct, comme tout ce qu'il fait.

Il a la fidélité des gens dont l'éducation n'est pas à refaire. Avec lui, une longue absence ne compte pas. À chaque fois que nous nous voyons, j'ai l'impression de l'avoir quitté la veille.

Normal, puisqu'en réalité, il ne me quitte jamais.

Valérie Lemercier

Pendant mes dix années passées à *Elle*, j'ai eu le privilège de voir émerger puis grandir cette merveille absolue connue sous le nom de Valérie Lemercier. Parmi les milliers de gens que j'ai croisés dans ma vie, ils ne sont pas légion ceux qui, comme elle, m'auront sans cesse étonné. Cette fille est un miracle sur deux pattes.

Vous n'avez peut-être pas eu la chance d'assister à un de ses spectacles (ils n'ont pas été filmés et vous ne les verrez donc jamais en DVD, parce qu'elle tient à ce que chaque soir reste un moment unique, honnêteté peu fréquente vis-à-vis des spectateurs qui paient leur place). Alors, précipitez-vous voir son dernier film *Palais royal !*, sans vous soucier des réserves de tel ou tel critiques, toujours prêts à minimiser les raretés qui leur échappent.

Bon, je vous accorde qu'en ce qui la concerne je suis de parti pris et de mauvaise foi – tout ce qu'entreprend Valérie Lemercier ne ressemble qu'à elle et me semble donc unique, d'où cette impression, à chaque fois, d'être le témoin d'un instant qui ne reviendra plus. Mais soyez attentif.

Sur l'écran large de son histoire, ne la lâchez pas des yeux. Car non contente d'écrire et de réaliser ce film, elle a d'abord songé à mettre en valeur ses acteurs.

Alors que ce qu'il ne faut surtout pas rater, c'est ce qu'elle fait, elle, au second plan. La moindre de ses mimiques est ciselée, retenue, toujours à la limite du déséquilibre. Elle ose tout.

À l'instar d'un Coluche, elle manie la grossièreté sans jamais être vulgaire et le regard qu'elle jette sur l'époque a la délicatesse d'en noyer la cruauté sous un humour que, pour ma part, je trouve irrésistible.

J'avais déjà été frappé en la photographiant par son allure à géométrie variable, par l'élégance naturelle de ses gestes et par sa façon d'utiliser son corps en s'offrant le luxe de le faire joyeusement passer du féminin à l'athlétique.

Ses yeux peuvent vous attendrir ou vous terroriser en l'espace d'une seconde pendant que son visage s'amuse à passer de la bourgeoise dédaigneuse à la petite fille déçue.

Surtout ne ratez pas ça, car dans l'univers frileux du spectacle que des médias mercantiles tirent vers le bas des succès faciles, ils sont rares, ceux qui, comme tous les grands artistes, ont le culot de se mettre à chaque fois en danger.

2006

Mme Brass
Bertand Blier
Jean-Pierre Dutheil et Joël Tournier
Éliette Abecassis
Francis et Monique Savignac
Alain Ducasse
François Périer
Claude Marty
Nicolas et Guy Bedos
Mère Marguerite Dutronc
Jeanne Moreau
Jean Mazars
Marc Lambron et Eric Clapton
Louis Rébé
Françoise Hardy et Alain Delon
Johnny Hallyday
Mme Sarkozy et son fils Nicolas

Mme Brass

Lorsque j'arrive dans une nouvelle ville, les deux premiers commerces qui retiennent mon attention sont les boucheries et les librairies. Ne cherchez aucune logique dans ces propos, il n'y en a pas. Ce fut donc le cas il y a quelques années lorsque je me suis installé dans l'Aveyron.

Après avoir jeté mon dévolu sur M. Batut pour assouvir mes fringales carnassières, je me mis à la recherche d'un marchand de livres. Et là, surpris par le nombre d'établissements, je fus conforté dans ma décision de m'installer dans la région.

Une ville possédant cinq librairies pour douze mille habitants, voilà qui est rassurant.

Je choisis donc celle dont l'apparence me sembla la plus humble, la faune livresque respirant mieux loin des rodomontades velléitaires des architectures modernes.

À mon entrée, le visage de Mme Brass s'éclaira d'un sourire, ce qui me combla d'aise attendu que je venais de publier mon premier livre[1] et que toute manifestation tendant à me prouver que j'étais accepté dans le marigot littéraire était la bienvenue.

Mon livre se vendait bien, j'étais donc un bon client dans les deux sens du terme.

---

1. *Enfant gâté*, XO Éditions, 2001.

Trois ans plus tard, je commis un deuxième ouvrage autobiographique[2] dont les ventes pourtant enviables n'atteignirent pas les chiffres du premier. Personnellement, j'étais plutôt rassuré. « Si mon livre se vend moins, ça doit vouloir dire que je deviens écrivain. » Depuis, j'ai rabattu mon caquet. Lorsqu'on me demande ma profession actuelle, je réponds que je suis « dans l'édition », c'est plus prudent.

Alors que je pénétrai dans son établissement après la publication de cet ouvrage, je sentis poindre un léger reproche dans les yeux de Mme Brass. Si la lectrice m'accordait toujours son estime, à son corps défendant la libraire était quelque peu désappointée. Dieu merci, l'année suivante, un volume de photos des années soixante au succès incontestable vint noyer le poisson.

Mais le ver était dans le fruit. L'homme de plume avait déçu la libraire et ça, c'était un caillou dont ma chaussure n'était pas près de se débarrasser. C'est qu'elle a mis beaucoup d'énergie dans ce travail, Mme Brass.

Venue d'Avignon il y a seize ans, le métier du livre ne fut pas un choix dû au hasard et comme elle me le confirmerait joliment plus tard : « Afin de remédier aux difficultés de la vie, si je me suis enfermée dans cette boutique, c'est pour mieux m'en sortir. »

Je me suis donc attelé à un nouveau roman, qui je l'espère, sera à la hauteur de ses espérances.

---

2. *Le Temps d'apprendre à vivre...*, XO Éditions, 2004.

Quant à sa date de parution, je la redoute, voyez-vous, car je ne me sens pas d'affronter une autre fois ne serait-ce que le soupçon d'un reproche dans les yeux de ma libraire.

Bertrand Blier

Parce que nos pères étaient les meilleurs des amis, j'ai toujours connu Bertrand Blier. Il a, tout comme moi, vécu l'enfance d'un fils de comédien. Car Bernard Blier, comme mon père, était plus un comédien qu'un acteur. C'est-à-dire un artiste qui savait s'immiscer dans les rôles, quitte à s'oublier lui-même, le métier d'acteur de cinéma consistant plus à tirer le rôle vers sa propre personnalité.

Cela ne signifie pas qu'il soit simple d'être naturel devant une caméra, mais c'est une autre discipline, peut-être plus égocentrique, moins humble en tout cas.

J'allais parfois chez lui quand j'étais môme. Dans la cave de la maison familiale, il y avait un train électrique qui occupait toute la pièce sur des établis à hauteur d'homme. J'étais émerveillé par ces dizaines de trains qui passaient sous des montagnes en traversant gares et autres passages à niveau. Mais je n'ai jamais su qui, du père ou du fils, jouait le plus avec cette merveille.

Plus tard, alors que je vivais ma vie de photographe des sixties, je reçus son premier long métrage comme un choc. Cela s'appelait *Hitler, connais pas*. Dans ce film à petit budget en noir et blanc, il y avait déjà les preuves de son talent à venir. Plus tard *Les Valseuses* sortirent avec le succès que l'on sait. Pour moi, les grands virages du cinéma français restent Godard, Truffaut et la nouvelle vague… et ensuite Bertrand Blier.

Tous ses films sont empreints de la même folie élégante, et même si son œuvre fut parfois inégale, en France, pour moi il reste le plus grand.

Un jour, je lui avais demandé de m'aider à écrire un scénario pour Dutronc. (Un de plus. Si j'avais été payé pour tous les films que je n'ai pas réussi à faire, aujourd'hui je vous tirerais la langue d'un hublot de mon Boeing privé.) Princier, il m'avait donné quelques après-midi durant un mois, comme ça, pour rien, pour le plaisir.

Ces moments passés chez lui devant un thé ou une sympathique bouteille restent parmi les plus drôles que j'ai vécus. Il faut le voir démarrer à partir de rien, d'un type qui marche dans la rue en se grattant les fesses, et de là son imagination s'envole vers ces dialogues abstraits dont il a le secret. Ça va de l'image poétique aux délires les plus insensés, avec des piques d'insolence qui le font hurler de rire. Souvent, ça ne mène nulle part, peu importe, le voir créer est un spectacle qui vaut vraiment la peine.

Nous n'avons jamais fini le scénario, mais j'en suis ressorti avec la certitude que le meilleur film à faire serait de le filmer lui en train d'inventer.

Dans la boîte de DVD que je reçois tous les ans de l'Académie des César, il y a soixante-dix pour cent de films sans aucun intérêt, que personne ne verra jamais, aidés on ne sait pourquoi par les membres de cette chapelle qu'on nomme le cinéma, régie par des détenteurs du bon goût et autres « spécialistes ».

Comment se fait-il qu'à l'instar de Woody Allen ou de Claude Chabrol, il n'y ait pas un producteur pour laisser Bertrand Blier tourner un film tous les deux ans, avec des défauts peut-être, mais surtout avec des qualités qu'on ne trouvera jamais ailleurs ?

Jean-Pierre Dutheil et Joël Tournier

Photo prise à l'époque où une maladie s'attaquant aux poulets crée en France une panique générale gonflée comme une coiffure de chez Carita par la voie d'Internet et ses réseaux pas si sociaux que ça. Plus personne n'ose manger du poulet.

Regardez bien cette image, car il est fort possible que vous ne la revoyiez pas de sitôt : des poulets prenant l'air et des hommes qui les regardent. Jean-Pierre est volailler, Joël est éleveur. Ces deux-là représentent un des fleurons de ce qu'il est courant d'appeler la qualité française, cela dit sans aucun cocorico.

J'ai fait cette photo avant les dernières directives gouvernementales prises pour parer à une épidémie redoutable, et contrairement à cet irresponsable éleveur vu au zapping qui jurait de ne jamais mettre ses bêtes à l'abri, eux, je le sais, joueront le jeu et ne prendront pas de risques inutiles. Pour ma part, une pintade qui tourne à la broche dans ma cheminée valant toutes les émissions de télévision, je vous l'avoue, je suis de parti pris. Mais lorsque j'entends que déjà trente pour cent des volailles restent invendues, comme l'aurait dit mon père : la moutarde me monte au nez.

Oui, je sais bien que l'époque est rude. De mon temps, pour faire l'amour il suffisait de se déshabiller, aujourd'hui il faut se couvrir. Les glaciers de l'Antarctique fondent à vue d'œil, et un jour, le niveau des mers risque de monter jusqu'à transformer Bergerac en station balnéaire. À l'instar des kamikazes japonais, des moustiques hurlent « chikungunya ! » en se jetant sur vos innocentes épaules. Il n'y a pas si longtemps, on insultait les vaches en les traitant de cinglées et maintenant les oiseaux migrateurs se retrouvent porteurs de mauvaises nouvelles au lieu d'annoncer le printemps.

Soit, mais pour une fois que les pouvoirs publics ont l'air de s'y prendre à l'avance, ne leur tombons pas dessus. Néanmoins, entre les prudences élémentaires destinées à prévenir une épidémie et la titraille alarmiste de certains journaux, il me semble qu'il y a une marge. D'abord, les spécialistes, toutes écoles confondues, nous assurent « qu'il n'y a RIEN À CRAINDRE de la volaille cuite » !

Donc, par pitié, alors que les trompettes de la mondialisation soufflent sur les braises du chômage, ne sombrons pas dans une panique moyenâgeuse et ne mettons pas sur la paille des centaines de gens qui font aujourd'hui leur métier aussi bien qu'hier.

S'il s'avère que la pandémie arrive jusqu'à l'homme, alors nous aviserons. Mais nous n'en sommes pas là.

En attendant, vous avez ma parole, s'il n'en reste qu'un à bouffer de la volaille, je serai celui-là.

Donc, tant que ce sera possible, telle est ma devise : « MANGEONS DU POULET ! »

Éliette Abécassis

Contrairement aux idées reçues, être une femme dans le milieu littéraire français n'est pas simple. Si la beauté peut éventuellement ouvrir quelques portes dans les médias, elle n'en suscite pas moins le mépris des ayatollahs du 7e arrondissement qui s'empresseront vite de les refermer. « Une femme belle et intelligente ?... » Bon, d'accord, les choses évoluent un peu, mais il reste un fond, c'est charmant qu'elles tiennent un journal, mais de là à le publier...

On pourrait donc dire d'Éliette Abécassis qu'elle a tout contre elle, car non contente d'être justement belle et intelligente, elle a l'audace d'écrire un roman sur la maternité propre à faire dresser les cheveux des rédactrices des journaux féminins adeptes du politiquement conforme.

Elle ose « dire la vérité ». Je vous l'avoue, ses souvenirs m'en ont rappelé d'autres.

Oui, avoir un enfant est la plus belle chose du monde. Non, le chemin qui mène à l'accouchement n'est pas pavé de roses. Quel que soit l'amour qu'un homme porte à une femme, il ne peut pas comprendre l'infernal chamboulement provoqué par la création d'une vie en devenir.

Puis vient le jour du grand jour. Ce moment miraculeux où, même très entourée, une femme se retrouve seule. L'homme, lui, le vit comme il peut. Certains y assistent, la caméra au poing ; d'autres, un peu plus lâches attendent au bar.

Je reconnais sans fierté appartenir à la deuxième catégorie.

Et d'un seul coup, il y a cette petite personne qui entre dans l'univers d'un couple avec la délicatesse d'un camion de quinze tonnes, faisant joyeusement exploser une belle histoire d'amour que l'on pensait inébranlable.

Le passage des rêveries dans les ruelles de Vérone aux joies de la couche-culotte s'avère souvent douloureux, voire fatal. De deux, on passe à trois, et le nouveau venu prend toute la place. Normal après tout, on ne lui a pas demandé son avis. D'ailleurs, a-t-on bien réfléchi ? Est-ce vraiment un service à rendre à quelqu'un que de le mettre sur terre ? Je n'ai toujours pas la réponse.

Dans son livre *Un heureux événement*[1], Éliette Abécassis décrit ses désarrois bien mieux que je ne saurais les résumer, et elle a l'élégance de finir son roman sur une note d'espoir, une note qui n'a pas honte d'échapper aux modes, une note positive.

L'exercice n'est pas aisé et c'est pourquoi je me permets vivement de vous en conseiller la lecture.

---

1. Le Livre de Poche, 2007.

Francis et Monique Savignac

Chez nous, lorsqu'on aime un restaurant, on y va hors saison et c'est comme un cadeau que l'on n'attendait pas. Mais, vous l'avez sûrement remarqué, les bistrots de campagne deviennent de plus en plus rares. Ces endroits sans prétention qui, presque en s'excusant, vous servent des merveilles du terroir.

Je parle des vrais, bien sûr, pas de ces chaînes de faux troquets où l'on croit vous berner avec des nappes à carreaux, des « pots de vin du pays » et des viandes « du boucher » qui sentent la grande distribution à plein nez.

Et ne me parlez plus des restaurants qui se veulent grands, avec leurs régiments de serveurs empruntés qui virevoltent en vous baragouinant une littérature absconse autour d'un petit bout de saumon de la taille d'un doigt, tout en posant devant votre ennui une assiette en forme de Mondrian ornée de cinq gouttes de vinaigre balsamique jetées comme des notes sur une partition de musique ! Sans compter les ravages dialectiques prônés par l'école hôtelière, les « bonne continuation » et « il ne vous manque rien ? » n'hésitant pas à bousculer votre conversation toutes les trois minutes pour faire grand style et, cerise sur le cake, les « pour ce délice d'écrevisse à la mousse de topinambour dans son jus de bigorneau breton jeté dans un brouet de myrtille du jardin, nous irons SUR un chambolle-musigny 87 de chez... » etc.

Les petits, les authentiques tendent à disparaître parce que les enfants ne veulent plus reprendre le flambeau, préférant les mirages des villes à la vie souvent austère du fin fond des campagnes. Comme l'Hôtel des Touristes à Marcilhac, dont je vous ai déjà parlé, et que l'on rangera au rayon des souvenirs le jour où Pierrette Logé décidera de raccrocher les gants.

Eh bien, bonne nouvelle, j'en connais un autre depuis peu et il présente l'intérêt d'être tenu par une jeune cuisinière qui ne donne pas l'impression de vouloir baisser les bras.

Monique Savignac et son mari, Francis, maintiennent en vie l'incroyable village médiéval de Peyrusse-le-Roc durant les mois d'hiver, pendant que, loin de là, les touristes rêvent d'y revenir pour les vacances prochaines.

Ce restaurant est ce que ma grand-mère appelait « une maison ». On s'y sent vite chez soi et ça respire le « fait à la main » avec le cœur en prime.

Il est drôle de se souvenir de la façon dont on imaginait le futur dans les années cinquante. Les villes recouvriraient la planète, les voitures voleraient, le monde ne serait qu'un grand Club Med uniformisé. Alors qu'il est de plus en plus évident que le IIIe millénaire sera symbolisé par un retour aux villages et aux communautés de sentiments. Donc, les Savignac ont tout compris, aussi je salue le courage de ces précurseurs.

Ah ! mais voilà que Monique s'approche de moi, tenant à la main une omelette flambée à la vieille prune. La lumière s'éteint. Y a-t-il une panne de courant ? Non, la dame allume un briquet, c'est juste un petit son et lumière pour moi tout seul...

Alain Ducasse

Si tant est que l'on jauge un homme au nombre de ses envieux, alors il va de soi qu'Alain Ducasse ne manque pas de qualités.

Et comme souvent pour les hommes rendus célèbres par leur profession, la perception que l'on en a est faussée par les jugements hâtifs des jaloux. Ceux-là mêmes qui lui reprochent d'avoir je ne sais combien de restaurants dans le monde au lieu d'un seul en France, d'être plus un cuisinier de papier qu'un artisan de la tambouille, d'être plus obsédé de contrats et de licences que de rigueur saucière, ceux-là donc n'ont jamais vu Alain Ducasse dans les travées d'un marché de campagne.

Quiconque ne le connaît pas risque de le prendre pour un fou. Il attrape à pleines mains des bouquets de salades, respire avec emphase des paniers de fruits mûrs, soulève avec extase des cageots de légumes. Les yeux fermés, souriant à lui-même, le voilà en transe devant le moindre radis, et ce sans tricherie aucune ou le moindre soupçon d'affectation.

Son souci du détail est à la hauteur de son obsession première, à savoir la simplicité. Si, si, vous avez bien lu, car toute son organisation n'a qu'un seul objectif, le retour au goût d'origine, tout l'art de ses menus tient dans le respect du produit.

Et puis ses détracteurs oublient qu'il est aisé, lorsqu'on a une réputation, de plastronner dans un seul établissement, à l'instar d'un ou deux chefs dont je tairai le nom, érigeant leur maison en autel à leur gloire, perchés sur leur ego pour mieux caresser de leurs doigts boudinés les étoiles des guides. Ils oublient qu'à chaque ouverture d'un nouveau restaurant, Ducasse donne sa chance à un jeune chef, perpétuant ainsi un savoir-faire dont il est le garant et qu'il enseigne avec une généreuse exigence.

J'ai eu la chance de l'accompagner parfois dans quelques-uns de ses établissements à l'occasion de leur ouverture. Ce fut partout parfait. Des ors un peu voyants de Monaco aux plaisirs simples et chaleureux de son manoir de Haute-Provence, en passant par Paris, New York ou Las Vegas, je ne sais plus très bien, il faut qu'il me pardonne si ma mémoire flanche.

Seulement voilà, Alain n'a qu'un travers, difficilement pardonnable au pays de la critique péremptoire : il a du succès.

N'oublions pas que notre belle nation a tendance à se cabrer devant l'affirmation de toute réussite, vite perçue comme une insolence par trop « américaine », et à porter aux nues les perdants magnifiques.

Au fond, la France ne s'est jamais vraiment remise de sa passion pour Poulidor.

François Périer

Inutile de chercher dans vos gazettes, il n'y a hélas aucune actualité sur l'homme dont je vous parle aujourd'hui, mon père, François Périer. Et c'est bien pour cela que je le fais. Un comédien ne vivant que par le regard des autres, si on ne pense pas à lui, alors il n'existe plus. Obsédés qu'ils sont par l'hégémonie de l'Audimat, les médias zappent à tout va de peur que nous zappions à notre tour, plongeant ainsi dans l'oubli ceux qui nous faisaient rêver.

Qui aujourd'hui parle de François Périer ? Lui qui sut émouvoir plusieurs générations de Français tout en les faisant rire.

Lorsque j'ai fait cette photographie, j'en ignorais l'insolence. J'aurais dû me demander si le confronter à l'image de sa jeunesse l'amusait vraiment.

Je me conduisais en gamin, alors que j'étais à l'âge où l'on devient responsable de son père. Il fit ce que je lui demandais, comme toujours, mais on sent bien qu'il se prête à cette pose pour me faire plaisir.

Le portrait qu'il tient le montre au temps où j'allais le retrouver le soir au théâtre de la Michodière, là où il joua Bobosse durant plusieurs années.

Lorsque j'arrivais, je filais directement au bar m'asseoir sur un haut tabouret pour que le barman me donne un Coca. Souvent, j'y retrouvais la grande actrice Yvonne

Printemps, une coupe à la main, l'œil frisant sous la dentelle, qui, à ma vue, faisait semblant d'aimer les enfants à seule fin d'exaspérer un peu plus son mari, Pierre Fresnay, tandis qu'il l'attendait pour la ramener chez elle. Mais systématiquement, elle retardait ce moment jusqu'à l'entracte de façon à pouvoir insulter le public qui, selon elle, ne comprenait rien au théâtre. Il fallait donc tout le tact de Fresnay pour la convaincre d'aller hurler sa colère dans les couloirs des coulisses avant l'arrivée des péquins assoiffés qui avaient payé leur place.

Après, j'allais retrouver mon père. Il était sur scène et j'entendais ses colères résonner dans les haut-parleurs de contrôle des coulisses. Elles me faisaient peur, ses colères, alors je courais jusqu'au plateau, côté cour ou côté jardin, caché derrière le rideau, juste au bord pour n'être pas vu du public. Et je le regardais de profil tandis qu'il évoluait sur la scène sous les applaudissements, attendant avec impatience qu'il me voie. Ça ne ratait jamais. Il faisait semblant de sortir et à l'insu de tout le monde, il venait, l'espace d'une seconde, me caresser la joue en me disant tout bas : « Ça va mon grand ? »

Et puis, il repartait face au public et reprenait son rôle pour le plaisir des autres. C'était un moment précieux parce que, justement, les autres ne sauraient jamais qu'il m'était réservé. Ensuite, je pouvais retourner l'attendre dans sa loge jusqu'à la fin de la pièce. J'entendais alors les gens rire, mais je n'avais plus peur, ils pouvaient l'acclamer autant qu'ils le voulaient, car je savais bien que celui qu'ils applaudissaient ce soir, c'était d'abord mon père à moi.

Claude Marty

Faudrait-il être anglais pour réaliser la chance que nous avons d'avoir encore des marchés ? D'autant plus que dans la région, certains ont gardé la couleur d'époques révolues. Lieux d'échanges, de conseils généreux, de sourires partagés. Mon préféré étant celui du jeudi à Villefranche-de-Rouergue, avec ses dames en robes à fleurs qui posent leurs paniers d'œufs à même le sol. Ensuite, il y a celui de Limogne et sa rue en pente douce, celui de Cajarc pour sa simplicité, celui d'Assier où je passe le lundi matin quand je dois aller à Paris et enfin celui de Figeac, dont le vrai plaisir est, je l'avoue, de pouvoir prendre un verre chez Claudie « la Princesse ».

Et puis il y a Saint-Antonin-Noble-Val où j'ai rencontré Claude Marty. Sa façon de parler de ses fromages vous donne envie de plonger dans son étal.

L'homme aime les contacts avec les clients. (« C'est quand même autre chose que d'être en face d'un chef de rayon », dit-il dans un sourire.)

Je le retrouve chez lui, dans la ferme de son père, où il est né et où il vivra jusqu'à son dernier jour. L'environnement est incroyable : sur trois cent soixante degrés, toute la majesté du Tarn est à nos pieds. Mais derrière la beauté des lieux, il y a les réalités de la campagne qu'ignorent les Parisiens dans mon genre. Par exemple, quelques années auparavant, ses vaches furent emportées par une épidémie (pourtant, elles n'étaient pas folles), il opta pour des brebis et se perfectionna dans le pérail. Succès immédiat, il fut aussitôt attaqué par les « loups » industriels qui s'empressèrent de le copier.

Un peu plus tard, ses bâtiments brûlent à cause d'un rat qui a grignoté un fil électrique. Il faut donc aussi se méfier des rats des champs. Mais il maintient la barre.

Ce n'est pas sans fierté qu'il me fait visiter son exploitation. Là où a lieu la traite, les salles d'affinage et surtout la pièce dans laquelle presque tout se fait : l'endroit est d'une propreté que lui envieraient bien des cliniques.

La prochaine fois que je dois passer sur le billard, je demanderai qu'on m'opère ici, chez Claude Marty.

Il aimerait transmettre aux jeunes générations une certaine éducation des choses de la vie.

Mais le veulent-ils ?

Ce serait pourtant de bon cœur, car ainsi que le lui a dit son père avant de mourir : « Tu ne recevras qu'en fonction de ce que tu auras donné. »

Dans un pré, ses brebis le regardent venir ; on sent bien qu'elles sont en confiance. Moi aussi.

Nicolas et Guy Bedos

Si vous regardez attentivement, vous verrez que nous avons tous un œil triste et un œil gai. Guy Bedos aussi, mais les siens le sont simplement un peu plus que le commun des mortels. C'est que depuis toujours, il s'inflige un écartèlement moral et intellectuel à la limite de l'invivable. L'humour, souvent de gauche, se mélangeant difficilement avec l'esprit, presque toujours de droite, Guy Bedos est, depuis longtemps, coincé entre les deux. Et comme en plus d'être un honnête homme, il est un homme honnête, sa vie est un perpétuel voyage entre l'envie de se moquer des autres et l'obligation de rire de lui-même.

Derrière une trop ostensible assurance se cache le désarroi du précurseur d'un genre dont il inventa les règles et que les jeunes générations ont un peu tendance à prendre pour argent comptant. Seul en scène, riant à en pleurer des comédies du monde, ses larmes léchées d'admiration par un public à l'exigence enfantine lui réclamant sans cesse une insolence de plus, il a passé sa vie en tête d'une course qu'il ne recherchait pas, sans prendre le temps de réaliser qu'après un certain âge on n'est plus en compétition avec les autres, mais seulement avec soi-même, ce qui est beaucoup plus difficile.

La colère, devoir pour certains, luxe pour d'autres, se retourne souvent contre celui qui en a fait un métier.

Contraint de toujours se renouveler, il évite bientôt les miroirs de peur d'y croiser la caricature de lui-même. Pourtant, s'il prenait le temps de prêter l'oreille, il entendrait venant du ciel ceux qui l'ont inspiré et ceux qui l'ont copié lui susurrer qu'il n'a plus rien à prouver et qu'il n'est pas interdit de se détendre. Sa fragilité, il la montre rarement, mais j'eus la chance d'en être le témoin, il y a quelque temps.

C'était au théâtre à Paris, après la représentation de la pièce que son fils Nicolas avait écrite pour lui.

Conscient qu'au début les gens venaient pour le voir lui, le « one-man-provocateur », il s'évertuait à disparaître dans le rôle pour mieux mettre en valeur le travail de son fils. Le personnage de la pièce étant proche de ce qu'il eût pu être s'il s'était laissé aller à vieillir, c'est comme si ce dernier lui intimait l'ordre affectueux de ne jamais devenir cet homme revenu de tout, fatigué par la vie, tournant le dos au monde. Sidéré d'être à ce point ressenti par sa progéniture, il était pétri d'émotion en évoquant le succès de son Nicolas.

Aux gens, chaque jour plus nombreux, qui se pressaient dans sa loge, il annonçait un retour imminent à son spectacle « seul en scène », comme s'il craignait d'être tenté de s'oublier pour toujours dans la vision de son fils.

Cet instant m'a d'autant plus touché que je l'avais vécu il y a quelques années, lorsque, pour les besoins d'un film, en me laissant le diriger, mon père m'avait donné la permission de devenir le sien.

C'est dans ces moments-là que les hommes généralement désarmés par la paternité se hissent au niveau des mères évidemment régnantes.

Guy et moi, nous nous croisons depuis longtemps sans vraiment nous connaître et il est drôle qu'aujourd'hui, ce soit avec le fils que j'aie les conversations que je n'aurai sans doute jamais avec le père.

Ce n'est pas grave, parfois les regards se passent de mots, mais ne le dites pas à Nicolas, il est écrivain.

Mère Marguerite Dutronc

Vous ne pensiez quand même pas que vous alliez échapper à Dutronc. Par contre, j'ignorais qu'il ferait son entrée dans cette rubrique par l'entremise de sa tante, la mère supérieure du couvent de Monteils, un village situé à dix-huit kilomètres de ma maison.

D'entrée, lorsqu'on demande à cette dernière un rendez-vous, sa réponse première est : « Je ne suis pas chaude ! », prouvant ainsi qu'elle est bien de la même famille. Je retrouve aussitôt chez elle cette vraie pudeur et ce désir de ne pas parler de soi qui m'aura tant touché chez son neveu, chez Jacques Dutronc, mon ami de toujours.

Mère Marguerite a fêté le 8 septembre dernier ses soixante ans de sacerdoce.

Soixante ans de retranchement volontaire entourée d'autres nonnes, les seuls êtres avec lesquels elle aime à communier dans un silence qui, pour le profane, pourrait sembler hors du monde.

Or, personne n'est plus en accord avec le monde, attendu qu'elle ne pense qu'à lui.

De même, dans sa maison de Corse, Jacques jouit d'une autre forme de solitude puisqu'il la partage avec ses innombrables chats. Mais dans son cas, par son statut d'artiste populaire, ce serait plutôt le monde qui pense à lui.

Mère Marguerite s'étonne que je m'intéresse à elle, c'est qu'elle ignore à quel point sa famille me touche.

J'ai très bien connu son frère Pierre, il lui ressemblait d'ailleurs beaucoup. C'était un drôle d'homme qui avait longtemps travaillé aux charbonnages de France en tant qu'ingénieur des mines sans avoir vraiment fait les études requises. La passion de Pierre était la musique et le samedi soir pour jouer du piano dans les bals populaires, il mettait un faux nez afin de n'être point reconnu d'éventuels collègues de bureau dansant sur la piste.

La fantaisie faisait déjà partie de la famille.

Je n'ose pas dire à mère Marguerite que mon attachement à Jacques vient aussi d'une tendresse commune pour cette chère Françoise. Du reste, moi qui ai rencontré les plus grandes stars du monde sans être vraiment impressionné, je me trouve tout timide en face de cette femme dont je me sens si proche alors que sa vie est le contraire de la mienne. C'est parce qu'à travers elle je le vois lui, ils sont les deux faces opposées de la même pièce, mais dans les deux cas, il y a l'œil qui frise.

Cette image d'une religieuse à la robe immaculée en compagnie d'un diablotin pourvu de tous les attributs que l'on associe à une vie dissolue prouve que l'on peut prendre des chemins diamétralement opposés pour arriver au même point, à savoir celui d'être près de tout le monde en ne ressemblant à personne.

Jeanne Moreau

Dans les années cinquante, profitant de mon statut d'enfant de la balle, j'avais pour habitude d'aller flâner dans les coulisses du théâtre où jouait Jeanne Moreau.

En tournant *Les Amants*, de Louis Malle, elle venait de déclencher un scandale, suggérant l'orgasme rien qu'en crispant sa main sur un drap.

Égérie de la nouvelle vague, amie de Miles Davis, elle était déjà la représentation d'une insolence encore ignorée de la mode, elle avait de l'avance et ne s'en souciait pas.

Sous le prétexte fallacieux d'une séance de photos à venir, tous les soirs après la représentation j'allais dans sa loge pour le plaisir de l'écouter parler en se démaquillant. Bref, comme tout le monde j'étais amoureux d'elle.

Le cinéma, la vie, les hommes, elle s'adonnait à une sorte de revue de presse d'un Paris beaucoup plus réjouissant que celui d'aujourd'hui. Elle le faisait avec un naturel désarmant, nullement gênée par ma présence, évoluant dans une robe de chambre de soie fluide au parfum inoubliable. S'amusant sans doute de l'assiduité de cet adolescent timide, elle savait qu'avec ou sans fard elle était le rêve absolu des hommes de son temps.

Mais jamais je ne ressentis la moindre moquerie de sa part.

Ainsi que Simone Signoret, avec qui j'eus le privilège de déjeuner deux fois par an tout au long de ma vie, Jeanne a toujours eu cette merveilleuse faculté de s'intéresser aux autres. Durant le temps d'une conversation, personne d'autre que vous n'existe.

Je regrette cette politesse, cette courtoisie, elle tend à disparaître sous la cuistrerie des roitelets du beau monde, lesquels n'écoutent qu'eux-mêmes sans se soucier de l'autre, croyant s'acheter une personnalité en suivant la meute de ceux qui se regardent persifler, oubliant qu'il ne suffit pas de faire l'intéressant pour le devenir.

Simone et Jeanne font partie de ces personnes qui inventèrent les modes sans jamais les suivre, passant leur vie à n'en faire qu'à leur tête, tout en respectant ceux qui les admiraient. Par leur imagination et leur courage, elles demeurent la preuve la plus évidente de cette phrase de Boris Vian : « La mode, c'est l'impératif des indécis. »

Sur cette photo, Jeanne dans un théâtre d'aujourd'hui me rappelle celle que j'allais voir du haut de mes dix-huit ans. Allez savoir, avec un peu de chance, peut-être que Simone Signoret passe derrière le rideau…

Jean Mazars

Une fois n'étant pas coutume, ce jour-là, malgré ma réticence viscérale pour toute activité sportive, je faisais du vélo. Oui, je sais, on m'a souvent vanté les mérites du sport en général, mais j'ai beau avoir essayé différentes disciplines, rien que le mot m'ennuie à périr. Dans mon journal du matin, les pages qui lui sont consacrées servent illico à l'allumage du feu, occupation incomparablement plus chère à mon cœur.

Bref, ce matin-là, par erreur sans doute, j'avais posé mon postérieur sur cet engin à roues dans le but de visiter les abords de Montsalès, charmant village situé à au moins trois kilomètres de chez moi.

(Oui, oui, je suis allé jusque-là, je suis un héros !)

Et voilà qu'en pleine contemplation de cette apaisante campagne, au détour d'une route, surgit de nulle part un petit complexe industriel digne d'un film de James Bond. Une orfèvrerie entièrement vouée à la charcuterie, art en voie de disparition si j'en crois les adeptes de la cochonnaille.

Un endroit aussi soigné dans ce décor inattendu ne pouvait appartenir qu'à un passionné. J'ai nommé Jean Mazars, l'homme en blouse blanche qui attend le client dans sa boutique immaculée avec une patience typiquement aveyronnaise.

Ce pays m'a déjà fait cadeau de quelques surprises, mais comment aurais-je pu imaginer tomber au détour d'une route vicinale sur le Spielberg de l'andouille ?

Au départ, artisan plâtrier, rien ne prédestinait Mazars à cette profession.

Mais en 1968, lorsqu'il se marie, il n'épouse pas seulement sa femme, mais aussi toute la famille. Il faut dire que les Montalbats c'est un clan.

L'histoire remonte à loin, du temps où la grand-mère, Maria, s'occupait de la petite ferme. Le travail était dur et ça ne marchait pas fort, elle n'avait guère le temps de profiter de ce paysage somptueux. Alors, elle a décidé de se tourner vers la charcuterie, tuant le cochon et faisant les marchés, à Capdenac, à Villefranche ou ailleurs. Les choses auraient pu rester ainsi, l'affaire n'avait rien de grandiose, mais elle suffisait à nourrir la famille.

C'était sans compter l'arrivée du gendre. L'air de rien, il commence à aider le père Montalbats au bon fonctionnement de leur petite boutique. Et Mazars, c'est plus fort que lui, il faut qu'il entreprenne.

Dès 1968, ensemble ils imaginent le premier camion magasin de la région.

En 1971, le virus l'ayant gagné, il décide qu'il est temps de changer de métier. L'artisan plâtrier cède pour de bon la place au charcutier. Il crée le marché de Cajarc, puis un autre camion magasin. Mais ce n'est jamais assez, il faut qu'il agrandisse son entreprise, c'est alors qu'il décide de construire un laboratoire. En plein milieu du Causse, croyez-moi, ça demande quand même une bonne dose d'imagination.

Puis à Villefranche, à côté de l'hôtel-Dieu, endroit considéré à l'époque comme le plus moche de la ville, il ouvre un supermarché haut de gamme. (« Leclerc le fait bien, pourquoi pas nous ? »)

Et c'est ainsi que de semi-remorques en bâtiments, en produisant cinq ou six tonnes par semaine, il a fini à la tête du Hollywood du saucisson.

Son secret, Mazars vous le donne facilement, ce n'est pas compliqué : toujours faire passer le client avant le profit, et quand un produit lui plaît à lui, ça veut dire qu'il est bon. Effectivement, c'est assez simple.

Après tout, ce n'est rien d'autre que le travail d'une vie.

Vive la France, et cochon qui s'en dédit, si j'ose dire.

Marc Lambron et Eric Clapton

Marc Lambron est-il de droite ou de gauche ? Ni l'un ni l'autre, puisque c'est d'abord un poète. Son visage ne vous est pas familier, bien qu'à Paris il soit considéré comme une figure.

Ce Lyonnais, enfant de Normale Sup et de l'ENA, a plus d'une étiquette. Entre ses rubriques au *Point* ou au *Figaro Madame*, ses diverses activités au sein du Conseil d'État et la parution régulière de ses œuvres littéraires, il est d'abord adepte du grand écart. Mêlant un classicisme bourgeois à une déconcertante modernité, sa culture est aussi large qu'hétérogène.

J'en veux pour preuve sa connaissance de la musique contemporaine. Et je dois vous avouer que moi qui ai pourtant vécu la révolution du rock planétaire aux premières loges, lorsque je cherche les dernières perles de la production discographique *underground* mondiale, c'est chez lui que je cours.

Sa passion quasi juvénile pour cette musique est des plus émouvantes et les incroyables descriptions d'un solo de guitare d'Eric Clapton qu'il égrène dans son livre *Une saison sur la terre*[1] m'ont laissé à genoux d'admiration. Dieu sait si décrire la musique est un exercice difficile, voire impossible, Lambron s'y attelle avec lyrisme et humilité.

---

1. Grasset, 2006.

Si j'attire votre attention sur lui, c'est parce qu'il vient de publier un livre absolument merveilleux sur un sujet qui, au départ, a tout pour susciter mon désintérêt, à savoir la politique de ces trente dernières années analysées à travers le tonitruant phénomène de l'émergence de Mme Segolène Royal[2].

Sa vision transversale de notre histoire a la clairvoyance et la précision d'un disciple de Buffon et la féroce acuité d'un Sacha Guitry.

Sa description de cette tueuse d'éléphants au sein de l'imbroglio socialiste est des plus réjouissante : « L'ère Jospin restait encore hantée par ce canard révolutionnaire auquel on a coupé le cou. Et voici que sa meurtrière, l'énarque Royal, la pupille des casernes, la télévangéliste poitevine, l'enfant du mérite et du bal des officiers a entrepris de liquider les orphelins de la faucille et du marteau. »

Au cas où vous seriez hésitant sur la direction à donner à vos choix politiques, même si vous les pensez déjà inexorables, ce livre vous permettra peut-être de vous forger une autre idée de ce triste théâtre.

Et en tout cas vous n'aurez pas perdu votre temps, puisque, avant d'être un livre polémique, c'est d'abord et surtout de la belle littérature, ce qui, vous en conviendrez, est beaucoup plus important.

---

2. *Mignonne, allons voir...*, Grasset, 2006.

Louis Rébé

Cet après-midi, un vent furieux traverse la campagne.

Les feuilles des arbres battent de l'aile, les nuages se pourchassent et filent comme s'ils voulaient nous oublier. En cette journée d'octobre, la nature nous engueule.

Il est trois heures, la rue principale de Villeneuve est vide, mais alors que je m'apprête à rentrer chez moi une musique se fait entendre.

Dans l'église déserte, il fait plus chaud que dehors.

Avec pour seul témoin une statue de la Vierge, un homme joue de l'orgue. Il joue pour le plaisir, pour lui-même, pour personne, ou pour qui veut.

Louis Rébé, on le sent bien, aime cette atmosphère, ici il est chez lui. Dans les contrées rurales de sa jeunesse, les conversations étaient rares, aussi avait-il suivi les conseils de la seule personne à rompre son silence, un prêtre, un de ces hommes d'Église qui aimaient à parler aux gens tout en sachant les entendre. C'est ainsi qu'il était entré en religion, un peu comme on agrandit sa famille.

Mais les papes les plus progressistes n'ayant toujours pas compris que le célibat des prêtres les éloigne inexorablement de leur époque, Louis Rébé avait dû faire le choix, certainement difficile, de quitter son ministère pour se marier.

De ses années de sacerdoce, il garda la faculté de savoir s'extraire du monde en s'oubliant dans la musique.

Il s'installa donc à Villeneuve avec son épouse, mais dans la belle église du village il n'y avait pas d'orgue.

Pour lui, c'était une insulte à la beauté des lieux.

Il en fit part aux gens de la région. Bien sûr, il fallait de l'argent, beaucoup d'argent. Et c'est là que l'histoire devient vraiment jolie. Comme souvent, les instances officielles refusèrent d'avancer les fonds.

Ce manque d'imagination n'arrêta pas les gens de Villeneuve : ils fondèrent aussitôt une association, décidant qu'ils auraient leur orgue envers et contre tout. Afin de gagner une partie de cet argent, ils organisèrent des agapes à la gloire de la poule farcie. Délaissant des soirées sans histoire, ils se réunirent régulièrement autour de ce beau projet, et sou après sou, entre les repas des bénévoles et les dons recueillis ils gagnèrent la somme nécessaire.

La poule farcie terrassant « Qui veut gagner des millions », voilà une idée que je trouve réjouissante.

Et c'est grâce à cet élan collectif que désormais il y a un orgue dans l'église de Villeneuve-d'Aveyron.

Sur notre belle planète, un enfant meurt de faim toutes les quarante secondes, les guerres dont on nous jure qu'elles sont les dernières fleurissent un peu partout, les élections prochaines assourdissent déjà nos conversations, les banlieues chassent l'ennui en hurlant leur détresse, et le journal de vingt heures est toujours à vingt heures.

Dieu merci (si tant est qu'il existe), quelque part en France, il y a des Louis Rébé qui savent encore jouer de la musique pour le plaisir, pour eux-mêmes, pour personne, ou pour qui veut.

Françoise Hardy et Alain Delon

Cette chère « Excellente » ayant enregistré récemment un disque composé de duos, j'ai eu le plaisir de retrouver à ses côtés Alain Delon, un ami de longue date. En effet, je le connais depuis la fin des années cinquante.

C'était à Paris, alors qu'il venait de rentrer de la guerre d'Indochine.

Il avait le crâne rasé comme tout marin libéré, il n'était pas encore acteur, donc complètement inconnu et pourtant lorsqu'il apparaissait rue Saint-Benoît, le centre du Quartier latin, aux terrasses des cafés, les conversations s'arrêtaient.

En plus de la beauté (revoyez *Plein soleil* ou *Le Guépard* et vous comprendrez), il émanait de lui une présence qui fascinait tous ceux qui croisaient son chemin. Cette particularité n'est pas à la portée de n'importe qui, elle ne s'apprend pas dans les cours de théâtre et ceux qui l'ont sont très rares.

Je n'en fus témoin que trois fois dans ma vie.

Hormis Alain, je l'ai vu de façon saisissante avec le danseur russe Baryshnikov en 1988 à Los Angeles. Personne ne le connaissait, il n'était pas d'une beauté fulgurante, plutôt petit de taille et cependant dès que nous pénétrâmes dans cet immense restaurant de Rodeo Drive, tous se figèrent et tandis qu'il traversait la salle il y eut un silence absolu jusqu'à ce qu'il soit assis. Pourquoi ? Cela ne s'explique pas.

Mick Jagger à Londres dans les années soixante produisait le même effet, mais il était déjà célèbre. Or c'est connu, la célébrité rend beau.

Delon, lui, était beau avant d'être célèbre.

Ce fut donc un vrai bonheur que de le voir enregistrer avec Françoise.

Il le fit avec son sérieux habituel, se mettant presque à son service, dans le but unique de lui être agréable. Cette attitude ne me surprend pas : depuis toujours je le sais capable d'élégances.

Une célébrité comme la sienne crée autour de celui qui y parvient un mur d'incompréhension. Tout a été dit sur Alain, trop sans doute et souvent mal.

Il n'est sûrement pas si simple d'avoir représenté la beauté à ce point, c'est pourquoi, dans sa carrière, il aura pris beaucoup plus de risques que la plupart des autres acteurs. Dieu sait si Jean-Paul Belmondo fut adulé des foules, mais à part dans le film *Léon Morin prêtre* où il osa s'aventurer dans un chemin de traverse, il aura toujours été d'abord « Bébel », le casse-cou charmeur.

Alors qu'Alain, lui, aura pris tous les virages, tous les visages, prêt à s'enlaidir pour épouser un rôle. Au fond, Alain Delon aura passé sa vie à vouloir se prouver qu'il n'était pas que beau.

Françoise, dans ce même disque, a également enregistré une chanson accompagnée par son amie Hélène Grimaud. Souvent, lorsque celle-ci donne un concert à Paris, avec Françoise nous allons l'entendre.

Alain ayant émis l'envie de rencontrer la célèbre pianiste, me voilà donc l'autre soir dans la salle du théâtre des Champs-Élysées en compagnie d'Alain et de Françoise, dont le moins qu'on puisse dire est qu'ils ne passent pas inaperçus.

Mais la soirée me réserva une autre surprise. Dans l'éblouissante première partie, Hélène interpréta la Cinquième de Beethoven, et comme d'habitude, ce fut parfait.

Je ne sais pas pourquoi ce soir-là, elle avait décidé de ne pas jouer de piano dans la seconde partie, mais de lire un texte, accompagnée par l'orchestre.

Aussi, pendant l'heure qui suivit, tout en écoutant du Gide (lequel n'est pas ce qu'on appelle un auteur tordant) lu par Hélène Grimaud sur un fond joyeusement dodécaphonique de Stravinsky, j'eus avec Alain Delon quelques échanges de regards dont je me souviendrai longtemps. Décidément, ne serait-ce que pour ce moment, la soirée valait le coup d'être vécue…

Johnny Hallyday

Sans doute pensez-vous que sur Johnny tout a été dit. Entre ses excès, ses procès, ses intempestives prises de position politiques (il faut quand même lui accorder que, contrairement à certains, il n'a jamais changé de bord), ses récentes velléités de redevenir belge, vous savez tout de lui. On dirait que les difficultés de la vie glissent sur sa peau comme les gouttes d'eau sur les plumes d'une effeuilleuse du Crazy : il semblerait que rien ne l'atteigne.

Mais si je vous en parle, c'est parce que j'ai la chance de le connaître depuis très longtemps et qu'après des kyrielles d'aventures, de voyages, de rires, de fâcheries, de retrouvailles, il nous reste un lien indestructible qu'un seul mot résume : l'estime.

À toutes les étapes importantes de ma vie, il a toujours été présent et je suis au regret d'être obligé d'admettre qu'au registre des fidélités il a une longueur d'avance sur moi. Lorsque son père mourut, soit, je n'étais pas au courant, mais le jour des obsèques, il était seul, et je m'en veux encore de ne pas avoir été à ses côtés. Aussi lorsque j'enterrai mon père, quelle ne fut pas mon émotion de voir arriver Jojo. D'autant plus que s'il était là, ce n'était pas seulement pour ma sœur et moi, mais également parce qu'il a la mémoire longue et qu'il n'avait jamais oublié un certain dîner d'il y a quarante ans.

En ce temps-là, je parcourais les routes avec lui, allant de ville en ville, de succès en triomphe. Emballé par son spectacle, j'avais convaincu mon père de quitter pour un soir son cher théâtre afin de venir voir mon pote sur scène, ce jeune blond qui révolutionnait la France.

Il faut savoir qu'à l'époque, à part *Salut les copains*, la presse dans son ensemble écrivait des horreurs sur lui comme sur le mouvement qu'il représentait.

Après la soirée, mon père m'avait demandé d'inviter Johnny à dîner à la maison et il lui avait parlé comme il savait le faire, c'est-à-dire avec respect. Mon père n'entendait rien à la musique, aussi pour lui prouver son enthousiasme l'avait-il comparé à Yves Montand, sa référence ultime en termes de chanson. Puis parlant des critiques, il avait ajouté :

« Ne les écoute pas, ils n'ont aucune imagination. Je ne connais rien au rock, mais je peux te dire que tu es un grand ! »

Pour un jeune chanteur débutant, être encouragé par un acteur aussi respecté que l'était mon père était certainement un réconfort appréciable.

Et ça, Jojo ne l'a jamais oublié.

C'est pourquoi, alors qu'il était présent pour m'aider à accompagner mon père dans son dernier voyage, je ne me pardonnerai jamais de ne pas avoir été là pour lui dans la même épreuve.

Mme Sarkozy et son fils Nicolas

Non, il ne s'agit pas d'un intempestif emballement politique, mais d'un message de sympathie envers une personne qui a le tact de ne jamais faire parler d'elle.

Eh oui, figurez-vous que Nicolas Sarkozy a une mère et c'est d'elle qu'il s'agit.

Je n'ai pas de leçons à donner, mais depuis que j'ai consacré vingt-huit mois de ma vie à l'armée française, j'ai le tort de me sentir quitte envers la nation, du coup je n'ai jamais voté. Je n'en tire aucune fierté.

Pourtant, par le passé, j'ai souvent mis mon savoir-faire au service d'hommes ou de femmes politiques de tous bords, plus par sympathie pour leur personne que par adhésion à leurs idées. J'ai, entre autres, œuvré pour la droite avec Raymond Barre ou la gauche avec Bertrand Delanoë, bien que le devoir d'alternance n'ait aucun sens à mes yeux.

De plus, je m'élève contre ce travers français qui consiste à démolir systématiquement les gens qui font la politique de ce pays. De la part des petits marquis des médias, cela participe d'une méconnaissance totale du quotidien de nos représentants, lequel je vous l'assure est bien plus près de l'apostolat que de la partie de plaisir. Ensuite, j'en ai par-dessus la tête de ceux qui, parce qu'ils ont tourné un film, écrit un roman ou chanté une chanson, se croient obligés dès qu'ils sont invités dans une émission, de taper sur le président de la République afin d'obtenir à coup sûr la salve d'applaudissements d'une assistance moutonnière.

Il se trouve que je connais Nicolas Sarkozy depuis longtemps, et je pense que c'est injuste.

J'ai fait cette photo il y a quelques années pour le journal *Elle*, je suis le seul responsable de sa parution aujourd'hui, j'espère que le président ne m'en tiendra pas rigueur. Je le fais par égard pour sa mère, parce que j'imagine qu'elle aimerait que l'on écoute sérieusement le programme de son fils avant de le clouer au pilori.

Il en va de même pour Mme Royal, vous ne me verrez jamais émettre la moindre critique à son égard en public. Écoutons d'abord ce que ces gens ont à nous dire plutôt que de nous lancer dans des jugements hâtifs fondés sur des petites phrases utilisées hors contexte dans le seul but de vendre du papier.

Politiquement, vous me trouvez flou ? Je vous l'accorde, du reste j'avais fait l'affiche de campagne de François Bayrou, c'est vous dire si je suis un gentil garçon. Je ne me suis jamais senti d'aucun bord.

Il paraît que lorsqu'on tient ce genre de propos, cela signifie qu'on est de droite. Très bien, comme vous voudrez, je m'en fous.

De toute façon, j'ai beaucoup trop d'estime pour ce que devrait être la gauche pour m'imaginer être de gauche.

En attendant, quelles que soient vos convictions politiques, vous m'obligeriez en me laissant rendre hommage à Mme Sarkozy. Elle, en tout cas, j'espère que vous en conviendrez, elle a fait le boulot et elle a toutes les raisons d'en être fière.

2007

Morgane Deubelbeiss
Françoise Hardy, Sylvie Vartan, Sheila
Michelle Frances
Arielle Dombasle
Mme Galibert
Fabrice Luchini
Les Saint Antonin
Élisabeth Quin
André Bernot
Frédéric Beigbeder et ma pomme
René Fayret
Bernard Fixot
Étienne Daho
Thomas Dutronc
Christian Audigier

Morgane Deubelbeiss

D'accord, je sais qu'il est de bon ton de taper allègrement sur la police et la gendarmerie, c'est même un des passe-temps préférés de mes compatriotes. Je veux bien, mais alors il ne faut pas les appeler au secours au milieu de la nuit quand il y a du bruit dans la pièce d'à côté. Ce n'est pas que je sois un amoureux forcené de la force publique, mais disons que la vie m'a appris à me méfier des généralités.

Prenez Morgane Deubelbeiss par exemple, dix-neuf ans, « gendarme adjoint » de son état. Elle ne dit pas « adjointe », ce qui tendrait à prouver que sa corporation n'a pas le temps d'accorder d'importance à la féminité. Règle regrettable, en l'occurrence, puisque Morgane est une très jolie personne.

Née au Puy-en-Velay dans la Haute-Loire, fille de gendarme, après avoir passé son enfance dans une gendarmerie, elle n'a pas suivi le parcours classique des adolescents consistant à renier l'exemple du père, au contraire, elle a décidé de prendre le même chemin et pour la même raison que lui : aider les gens.

Oui, vous avez bien lu, ça existe encore.

Et puis, petite fille, à force de le voir partir le matin sur sa moto, elle a eu envie de voir comment c'était « de l'intérieur », et aussi de tester ses propres limites. Ce sont ses paroles exactes et je vous avoue que face au culte du ricanement en vogue dans notre beau pays, elles m'ont plutôt touché. Ayant moi-même une fille du même âge, je ne peux m'empêcher d'être inquiet à l'idée du quotidien qui attend Morgane.

Il est vrai que cette profession offre un éventail de possibilités très large, on peut choisir d'être chasseur alpin, de faire de la spéléo, de la plongée, être motard ou maître-chien, voire travailler dans une ambassade, mais elle comporte aussi des risques, ne serait-ce que celui d'être confronté à ce qu'il y a de pire chez l'homme.

Je regarde son visage juvénile et je l'imagine face à des ivrognes, des chauffards, des voleurs ou violeurs en tous genres. Il y a le risque de recevoir des coups, de devoir en donner, ou même d'utiliser son arme, tirer sur quelqu'un n'est pas une mince affaire. « Il faut savoir garder son calme, car le laps de temps est très court entre tirer et ne pas tirer », me dit-elle imperturbable, avec une assurance qui me laisse interdit.

Comme je lui demande comment elle voit son avenir, quel but elle a fixé à son destin, elle me répond : « Être gendarme, ça sera suffisant. » En voilà au moins une qui a l'originalité de ne pas chercher à « faire vedette ».

Évidemment, ce fut dur pour elle de partir de la maison, mais elle ne se sent pas seule ici, elle est bien entourée.

Il peut être content son père, sa fille a de la chance, Villeneuve-d'Aveyron est accueillante, elle n'a pas l'arrogance des faubourgs des grandes villes.

Quant à sa mère, bien sûr, elle a peur, mais elle est habituée. Habituée. Drôle de mot.

Je me demande si, en fin de compte, ce n'est pas elle la plus courageuse de la famille.

Françoise Hardy, Sylvie Vartan, Sheila

Bien que cette photo soit parue il y a quelque temps dans un journal concurrent (*L'Express* très exactement), je ne peux résister à vous la montrer pour vous narrer cette amusante journée.

La rédaction m'avait demandé de réunir ces trois chanteuses en vue d'une interview commune. L'idée de me retrouver face à celles que j'ai connues adolescentes me séduisait assez. Le journal me propose de faire les photos dans un nouveau palace parisien des Champs-Élysées.

La veille de la séance, Sylvie m'appelle pour me demander comment s'habiller et elle s'étonne de ce rendez-vous dans une suite d'hôtel.

« Tu veux nous mettre au plumard ? » me dit-elle en plaisantant.

Trouvant l'idée excellente, je lui propose effectivement de commencer par les réunir sous les draps « pour réchauffer l'ambiance ».

Nous plaisantons sur la tête que Françoise ne va pas manquer de faire comme à son habitude. En effet, cette dernière n'étant jamais emballée à l'idée de poser devant un objectif, je suis habitué depuis quarante-cinq ans à entendre de sa part les reproches les plus variés à la moindre de mes mises en scène.

Le lendemain, lorsque Sheila arrive, je lui expose l'idée et aussi sec elle éclate de rire. Il faut dire à son propos qu'elle a toujours fait preuve de beaucoup d'humour et que, déjà dans les années soixante, elle était prête à tout pourvu que l'on rigole.

Nous attendons donc l'arrivée de la grande, et ça ne manque pas, à peine ai-je émis ma proposition que celle-ci explose et s'insurge contre ma manie de vouloir à tout prix les mettre dans des situations grotesques. Il est vrai, je vous l'avoue, que considérant que la vie n'est pas chose sérieuse, je nourris un penchant exacerbé pour la fantaisie, surtout lorsqu'il s'agit de photographie.

Mais heureusement, je connais Françoise, je sais bien qu'il suffit d'attendre quelques minutes et qu'elle finira par faire ce que je lui demande et qu'en plus ça l'amusera. Effectivement, un quart d'heure plus tard, elles sont sous les draps et c'est un plaisir de les voir se marrer comme des gamines.

Et voilà le résultat. Je suis très content de cette photo parce qu'elle prouve qu'à soixante ans passés, ces trois-là ont suffisamment de classe pour oser rire d'elles-mêmes.

Sans le chercher, elles donnent aux jeunes chanteurs une belle leçon de simplicité, qualité devenue rare dans le petit monde du show-business actuel.

Et en passant, je les remercie pour la confiance qu'elles m'ont accordée pendant toutes ces années. Car si elles ne doivent leur succès qu'à elle-même, je n'oublie pas que sans elles et tous les autres artistes de l'époque, moi, je n'existerais pas.

Michelle Frances

Au début des années cinquante, Marcel Bleustein-Blanchet eut une idée de génie pour lancer Publicis, son agence de publicité parisienne.

Il inventa un produit qui n'existait pas et lui donna un nom : Garap.

Il fit placarder ce mot sans la moindre explication partout dans Paris, dans le métro, dans les abribus, sur les kiosques. Et pendant quinze jours, en ville tout le monde n'avait plus que ce mot à la bouche sans avoir la moindre idée de sa signification.

Les spéculations allaient bon train et puis un jour, Bleustein stoppa l'affichage et s'adressa aux annonceurs dans la presse en leur disant :

« Garap signifie "Gare à la publicité". Vous voyez, vous avez tort de ne pas me faire confiance, aujourd'hui tout le monde parle de ce mot, c'est ça la publicité. »

Cette anecdote m'est revenue en me baladant du côté de Montsalès. En pleine campagne, je tombe sur une machine à coudre perchée sur un poteau avec en dessous un écriteau sur lequel on peut lire : « Couture Michelle. » L'objet était joli, l'idée était simple, c'était une belle publicité dans un endroit inattendu, et je me suis dit qu'il devait être content, Bleustein-Blanchet : il n'avait pas perdu son temps.

La curiosité m'a poussé à avancer dans l'allée vers cette maison entourée d'arbres. Michelle est née là, elle s'est mariée là et elle finira sa vie là. Après avoir tâté à différents métiers, retoucheuse en magasin ou faisant les marchés, elle a exercé le plus difficile d'entre tous, à savoir mère de famille.

Après avoir élevé trois filles, elle est revenue à ses premières amours : la couture. Mais ne comptez pas sur elle pour se plier aux contingences de la vie en entreprise, 9 h-18 h ce n'est pas son style.

Michelle a décidé une fois pour toutes d'être la patronne de son existence. Elle choisit ses horaires et si vous avez besoin de ses services, il vous faut venir chez elle.

De la fenêtre du bureau où elle opère, elle voit une très belle campagne et juste au-dessus de sa machine à coudre, elle observe la route et les gens qui passent. Pendant que les églises se vident, que les restaurants ou les bars ferment et que les commerces disparaissent, dans cette maison isolée, il y a une personne qui travaille à son rythme et qui n'en bougera plus.

Sans prétention, sans faire de bruit, elle a donné à sa vie une couleur qui lui ressemble.

Michelle c'est un peu une gardienne de phare au milieu des prés.

En attendant, je peux vous dire qu'avec moi elle a gagné un nouveau client.

« Garap ! »

Arielle Dombasle

Récemment, un ami cher m'a fait le reproche de trop souvent médire du parisianisme dans ces colonnes, m'accusant par là d'un soupçon de démagogie.

C'est possible, je ne sais pas, mais c'est surtout après le cynisme des élites de la capitale que j'en ai.

Désolé, mais je trouve qu'il y a moins de ricanements ou de persiflages sur les radios et les journaux locaux. Néanmoins, piqué au vif par cet amical aiguillon, je m'en vais donc pour cette fois prendre une direction diamétralement opposée en vous parlant aujourd'hui d'une personne qui n'a rien de très provincial et qui mérite qu'on la taxe de Parisienne, car si elle l'est devenue, c'est vraiment par choix.

Née aux États-Unis, élevée au Mexique et en France, Arielle Laure Maxime Sonnery de Fromental, dite Dombasle est une femme du monde, rôle difficile à jouer en France, pays peut-être un peu trop tourné vers lui-même. Quiconque l'a approchée lui reconnaît un certain courage, ne serait-ce que celui de tout oser et de savoir se moquer de ce que l'on pense d'elle.

Elle me rappelle une phrase que m'avait dite Édith Piaf lorsqu'elle passait à l'Olympia dans les années cinquante. J'avais eu la chance de la voir et après son spectacle on m'avait emmené dans sa loge. Bien que fatiguée par son tour de chant, elle avait eu la générosité d'échanger quelques mots avec l'enfant que j'étais.

« Que veux-tu faire plus tard ? » m'avait-elle demandé.

En manque d'imagination, j'avais balbutié :

« Je veux être artiste ! »

Elle m'avait alors répondu cette phrase que je n'oublierai jamais :

« Si tu veux être artiste, prends tes défauts et mets-les en avant avec affirmation et ils deviendront des qualités que les autres imiteront. »

Elle venait de me faire cadeau de l'essence même de l'art du spectacle. Si l'on revient en arrière en partant d'Internet, on remonte vers la télévision, puis le cinéma, fils naturel du théâtre, lequel est précédé du cirque, et avant ça, au fond, il y a la foire, autrement dit « Elephant Man ». Les gens viennent voir quelqu'un qui leur ressemble, mais qui n'est pas comme eux.

Le public aime les monstres. Or chez tout grand artiste, il y a un côté monstre de foire qui s'assume en osant tout oser. Personne ne tend la main comme Brando, personne n'éructe comme Depardieu, personne ne vous fixe comme Johnny Hallyday. Rien n'est pire pour un acteur débutant que d'être comparé à un grand. Il n'y aura jamais de nouveau Gérard Philipe ou de nouvelle Signoret, ils sont tous un modèle unique.

C'est bien le cas d'Arielle Dombasle, dont le moins qu'on puisse dire est qu'elle n'a pas froid aux yeux.

J'ai eu la chance de la photographier plusieurs fois durant les années quatre-vingt-dix, et j'ai bien vu qu'il ne fallait pas se laisser berner par son apparence forcenée d'éternelle jeune fille, la dame est des plus intelligentes et sa culture n'a rien d'artificiel.

Je viens d'une longue lignée de théâtreux, aussi je sais que la qualité première des gens du spectacle est une certaine faculté à prendre des risques. Arielle Dombasle n'hésite jamais, elle joue la comédie, chante, se montre nue au Crazy Horse, elle n'a peur de rien, et surtout pas du ridicule.

Elle a bien raison, si le ridicule tuait, on aurait moins de mal à trouver des places de parking.

Mme Galibert

Mme Galibert est avant tout une croyante. Dieu, si elle savait comme je l'envie. (Pourquoi invoquer Dieu puisque je n'y crois pas ?)

J'aurais rêvé d'ajouter foi à un être divin, en une confrérie, voire une cause politique.

Je serais même tenté de penser que certains ont de la chance d'être juifs, catholiques ou communistes, ils ne se sentent pas seuls, une main leur est tendue, lorsqu'ils se lèvent le matin, ils savent déjà pourquoi, tandis que nous les incrédules, les athées, les « sur la défensive », chaque jour tout est à réinventer.

Ciel (encore une connotation religieuse !), que te voilà donc sérieux tout à coup mon petit Jean-Marie, pris en flagrant délit d'introspection existentielle.

C'est que l'entrevue avec Mme Galibert me pose question.

Je la rencontre dans la belle maison d'Ayres dans laquelle elle a vu le jour. Écoutons-la et qu'elle me pardonne si je résume.

Après une enfance heureuse jusqu'à l'âge de dix ans, vouant une adoration à sa maîtresse d'école – « Pour nous elle avait l'aura d'une speakerine de télévision » – la mort de son grand-père est un choc. Ainsi le Dieu qu'elle aime depuis toujours peut « reprendre » quelqu'un ?

Cette terrible nouvelle l'écarte de la religion, mais pas de la foi. Et si par la suite elle voue sa vie à l'écriture, c'est peut-être pour tenter de répondre à cette question : croire en qui lorsqu'on est fait pour croire ?

Déchirée entre les rigueurs de l'école publique et les ukases de l'éducation religieuse, elle deviendra néanmoins institutrice elle-même pendant plusieurs années.

Le deuxième tournant de sa vie arrive sous les traits de Jean, l'homme qu'elle épouse. Lui, sa passion, c'est la philosophie, son esprit est comblé, il est plus serein qu'elle. Pour se soigner de sa solitude mystique, Mme Galibert tient un journal intime. Ces pensées couchées sur un cahier d'écolière seront le point de départ de son envie d'écrire. Ses livres, qu'elle publie à compte d'auteur et dont j'avoue ne connaître que les couvertures (mais, comme chacun sait, on ne parle jamais mieux que des livres qu'on n'a pas lus), auront pour but d'apprendre à ses lecteurs à regarder les autres. Les regarder pour les comprendre et, à partir de là, il n'y a plus qu'un pas pour les aimer.

Et puis un jour Jean est mort, alors Mme Galibert a continué d'écrire.

En l'écoutant, je me rends compte que sa façon de croire est belle et que je n'ai rien contre la foi tant qu'elle aide les gens. Son besoin de fusion avec ceux qu'elle aime la conduit à communiquer avec eux par l'écrit, même s'ils ne sont plus de ce monde.

Mme Galibert est en paix, elle n'est plus seule.

D'ailleurs, si vous regardez bien cette photo de près, vous distinguerez peut-être quelqu'un assis sur la chaise.

C'est lui, M. Galibert, son mari. Pour le voir, c'est très simple, il vous suffit de le vouloir.

Fabrice Luchini

En général, les gens ont trois niveaux de lecture, celui qu'ils montrent, celui qu'ils sont et celui qu'ils voudraient être. (À part, comme chacun sait, les agents doubles ou les traîtres qui eux n'en ont que deux.)

De Fabrice Luchini, on ne voit que le premier, celui qu'il accepte de dévoiler au grand jour. Les deux autres, si j'ai bien compris, étant réservés à sa mère, à sa femme et à sa fille.

Après quelques séances de photos de lui, je ne peux pas dire que je le connaisse vraiment, cependant j'ai le sentiment de l'avoir « rencontré » et lorsque je l'entends ou que je lis ses propos, il me donne toujours l'envie de me rapprocher de lui. Pourtant, nos vies sont à l'opposé l'une de l'autre.

À l'instar de Françoise Hardy ou d'Eddy Mitchell, Fabrice Luchini est parti de rien, alors que j'ai grandi dans ce milieu privilégié du théâtre qui le fascinait tant avant qu'il n'en devienne un des rois.

Comme moi, il ne croit guère au couple, au mariage tel qu'on l'entend, peut-être même pas à l'amour.

Il y a de l'adolescent chez lui puisqu'il ne veut pas qu'on l'aime, mais qu'on le considère. Il me rappelle James Dean dans *À l'est d'Éden*, lorsque ce dernier, empêtré dans son désarroi juvénile, lance à son père : « L'amour, il n'y a pas d'avenir là-dedans. »

Fabrice, dans sa recherche d'amour, en parle toujours comme d'une jolie guerre.

Je n'aime pas beaucoup le théâtre, peut-être à cause de mes souvenirs d'enfance passés dans les coulisses à attendre mon père dont c'était la passion. J'étais un peu intimidé en coulisse par les sourires et les chuchotements des actrices, et sur la scène par les acteurs qui parlent trop fort et les spectateurs qui toussent.

Néanmoins, Fabrice est un des rares dont je ne rate jamais les spectacles, il est le seul à me faire oublier que je suis au théâtre (avec Valérie Lemercier évidemment).

Ses quatre heures autour de l'œuvre de Céline restent un de mes plus beaux souvenirs. Il passait du *Voyage* à *Mort à crédit* avec une aisance sidérante, transformant les mots en notes de musique d'une partition connue de lui seul. Luchini, c'est d'abord un musicien.

À chaque fois, après la représentation, je suis allé boire un verre avec lui et comme j'étais accompagné de jeunes femmes, généralement jolies, il m'a beaucoup parlé jusqu'à ce que je réalise qu'à travers moi c'est à elles qu'il s'adressait.

Non pour tenter de les séduire, mais parce qu'instinctivement sa conversation n'est réservée qu'à elles. Il n'a rien contre les hommes, simplement il n'a pas trop envie de les voir. D'où la rareté de nos rencontres.

Il fait partie de ces gens que j'aimerais retrouver plus souvent, mais que je ne veux surtout pas déranger.

Les Saint Antonin

Chers amis aveyronnais, c'est un électeur dépité qui vous écrit aujourd'hui. J'avais naïvement espéré entendre une musique un peu nouvelle, or les rengaines habituelles sont de retour comme de vieux tubes de l'été. La France a voté, va voter, ne parle que magouilles et trahisons et moi, tout ça ne m'intéresse plus beaucoup. Tenté de les envoyer tous jouer dans le bac à sable avec leur guéguerre droite gauche, je me suis repris en décidant de suivre les directives de ma fille, Lola.

Elle a dix-huit ans, elle est belle, elle est intelligente et elle est concernée. Après tout, c'est de sa vie et de son avenir à elle qu'il s'agit, pour moi les jeux sont faits et, à mon sens, son avis a beaucoup plus de valeur que celui des adultes et leurs chamailleries politicardes.

Je voterai donc peut-être comme elle m'en a donné l'ordre au lieu de voter blanc comme j'en avais l'intention, ce qui de toute façon, vu mes antécédents, n'était pas raisonnable.

Adieu au cirque électoral et retour à la réalité vers les gens de chez nous. Retour à Montsalès, cette petite ville du Causse ancrée dans les vestiges d'un fort moyenâgeux. Là vous trouverez les Saint Antonin et leur restaurant de campagne, un endroit rare comme il en existait jadis. Avec son bar pour ceux que la conversation séduit, sa télé allumée pour ceux que les bruissements du monde attirent et une grande table d'hôte au menu unique, avec entre autres sa poule farcie et son estofinade pour lesquels vous avez intérêt à réserver si vous voulez une place. Car seule en cuisine, la dame assure joyeusement les nombreux repas et c'est complet trois mois à l'avance.

Placée toute sa vie dans les maisons des autres, Madame, dès l'âge de quatorze ans, apprit à son corps défendant les rudiments de la restauration.

Monsieur était cheminot à Capdenac du temps où les locomotives réclamaient encore leurs huit tonnes de charbon par voyage. À la pelle, s'il vous plaît, dans la chaleur et la fumée de la furieuse machine.

Un jour, Madame hérita de cette grange à bestiaux à Montsalès, alors Monsieur retroussa ses manches et entreprit de transformer à la main la bâtisse en havre de paix pour les clients de la région.

Si je me permets de vous indiquer l'endroit, c'est qu'il n'y a aucun panneau, aucune publicité, les Saint Antonin n'en ont pas besoin. Élégance d'un autre temps.

Leurs deux garçons reprendront-ils l'affaire familiale ?

J'aimerais bien, car je préfère de loin cette cuisine-là à celle qui nous occupe jusqu'au 6 mai prochain…

Élisabeth Quin

Vu d'ici, loin de la capitale, il n'est pas simple à comprendre, l'univers des nuits parisiennes. Mais vous avez de la chance puisqu'un livre vient de sortir qui le résume parfaitement. Il a pour titre *Bel de nuit*, d'Élisabeth Quin[1]. Grâce à la fine écriture de cette jeune femme, vous plongerez dans le monde théâtral et capricieux des couche-tard, dans une comédie tragi-comique, sans cesse renouvelée par l'avènement de l'aube, cette petite mort réservée à ceux qui vivent pendant que les autres dorment.

Vous en ressentirez la tristesse, la cruauté, l'humour et le goût du beau geste, symbolisés par Gerald Nanty, personnage central, fil rouge de ce perpétuel voyage évanescent.

« Quarante ans sans dormir », cette phrase résume bien la vie de cet aventurier de l'éphémère. Il a tenu plusieurs des endroits qui ont fait le Paris du siècle dernier. Aujourd'hui, il règne sur le Mathi's, le plus petit des royaumes, petit par la taille, mais dont la clientèle ne connaît pas de frontières.

La réussite de tout lieu de la nuit tient dans l'art de faire croire qu'il y a une porte infranchissable alors

1. *Bel de nuit, Gerald Nanty*, Grasset, 2005 ; Le Livre de Poche, 2007.

qu'en réalité il n'y en a pas vraiment. Le Mathi's peut se passer de la vulgarité d'un videur. La personnalité de Nanty tient lieu de barrage, l'autocensure faisant le reste. Instinctivement, ceux qui n'appartiendront jamais à ce club le sentent, ils n'essaient même pas d'entrer.

Élisabeth a le sens des autres en général et de l'amour pour certains en particulier, à condition qu'ils aient, comme elle, l'élégance de ne jamais gémir, le désespoir étant une cicatrice qu'il est de bon ton de garder à l'intérieur.

Vous l'avez sûrement vue « dans le poste » s'adonner à de subtiles critiques sur le cinéma, vantant de préférence des films rares faisant plus appel à l'intelligence qu'aux émotions fast-food prédigérées, accompagnées des flingages explosifs de la production mondialisée.

Aussi brillante que ses yeux de souris, son écriture est celle d'un écrivain alors qu'elle sait enquêter comme une journaliste et j'ai trouvé la justesse des portraits qu'elle dresse d'autant plus sidérante qu'elle parle de personnages que j'ai connus jadis et qu'elle a mieux cernés que moi, sans les avoir rencontrés.

Décidément, une personne qui aime les chats ne peut pas être mauvaise.

Lisez le livre d'Élisabeth Quin, et votre ancienne voisine, Françoise Sagan, l'espiègle de Cajarc, vous en saura sûrement gré.

André Bernot

Laissez-moi vous présenter un des derniers poètes des années soixante.

En 1961 précisément, ne pouvant pas encore vivre à plein temps de ses talents de musicien, il était responsable des auditions aux disques *Vogue*. C'est lui qui choisissait parmi les nombreux chanteurs qui voulaient devenir des « vedettes ».

Un jour, une frêle jeune fille se présente à son bureau. Elle a dix-sept ans, les cheveux souples, des mains fragiles et des yeux qui en disent long. Elle s'appelle Françoise Hardy et ne connaît personne, elle sait seulement qu'elle veut qu'on l'entende au moins une fois. En l'auditionnant, André Bernot voit bien qu'elle ne sait pas encore chanter, et gentiment il le lui fait comprendre. La mère de Françoise demande à le rencontrer.

La dame est inquiète. Comptable, elle gagne péniblement sa vie et voudrait le meilleur pour sa fille, or ce milieu lui est totalement inconnu.

Qu'a-t-il voulu dire par « il faut chanter en mesure » ? Pendant qu'il explique à sa mère les bases de l'art du chant, Françoise, rêveusement, regarde au mur les pochettes des disques du jeune Johnny Hallyday.

Bernot et Mme Hardy conviennent de donner des leçons à la jeune fille pour la modique somme de dix francs la séance. Ce n'est pas cher bien sûr, mais pour Mme Hardy, qui élève seule ses deux filles, chaque sou compte. Pour elle, joindre les deux bouts n'est pas simple.

« On peut faire ça chez ma mère, elle est concierge avenue de l'Opéra », propose André Bernot.

Je ne peux m'empêcher d'avoir une pensée émue pour Madeleine Hardy, cette femme courageuse accompagnant sa fille vers une « carrière » qui lui échappe complètement.

Quelques mois plus tard, Bernot fera enregistrer en douce une séance à Françoise afin de la faire entendre à Jacques Wolfsohn, le directeur artistique de la maison de disques.

« J'ai une personne, lui dit-il.

— Physiquement, elle est bien ? demande Wolfsohn.

— C'est une Garbo ! » répond Bernot.

Et la chance faisant partie du talent, la première apparition de la jeune chanteuse aura lieu sur l'unique chaîne de télévision en noir et blanc, à l'heure exacte où la France entière attend l'intronisation du président Charles de Gaulle. Durant cinq minutes avant la fameuse annonce, le plus beau visage de cette génération apparaîtra en susurrant « Tous les garçons et les filles ».

La suite est connue. Mais ce que vous ignorez, c'est que plus tard, des années durant, Bernot accompagnera aussi au piano ou à l'accordéon le jeune Jacques Dutronc.

Aujourd'hui, si vous passez un jour sur les quais de la Seine, près du Pont-Neuf, vous verrez un aimable bouquiniste : vous ne pouvez pas le rater, il est à l'emplacement dit « du Maréchal ».

Il vend des livres anciens, des photos, des images ; regardez-le bien, car c'est lui André Bernot, un des derniers poètes des années soixante.

Frédéric Beigbeder et ma pomme

Croyez-moi sur parole, si passer une semaine à New York avec Frédéric Beigbeder n'est pas de tout repos, le jeu en vaut la chandelle.

Le but de ce voyage est le résultat d'une de ses anciennes obsessions, car il ne faut pas oublier qu'avant de devenir le ludion des médias, Frédéric est d'abord un écrivain.

Il se trouve que cette passion lui est venue très tôt dans son jeune âge grâce à la lecture de *L'Attrape-cœurs*, de J.D. Salinger. Les élucubrations de Holden Caulfield, l'adolescent héros du livre, sa fugue dans le New York des années cinquante, son refus du monde des adultes l'ont marqué au point d'influencer sa vie pour longtemps. Si Salinger lui donna l'envie d'écrire, Caulfield le fit rêver de ne jamais vieillir.

Mais la fascination qu'exerce ce vieil écrivain de bientôt quatre-vingt-dix ans sur ce jeune intellectuel français vient surtout de sa volonté de disparaître complètement du monde depuis plus d'un demi-siècle. Frédéric voulait comprendre comment, après son succès planétaire (ce livre se vend encore à deux cent cinquante mille exemplaires par an), l'homme avait eu le courage (ou l'intelligence) de quitter la compagnie des autres au point de refuser la moindre interview depuis le début des années cinquante.

Grâce au producteur Guillaume Rappeneau, je pus tourner un documentaire sur Beigbeder partant à la recherche de Salinger. Nous allâmes même jusqu'à Cornfield, la ville du New Hampshire où il se terre, habité par le secret espoir et la terreur de le croiser. Nous ne nous faisions guère d'illusions, ceux qui tentèrent de le rencontrer sont légion et nul n'y est jamais arrivé. Pour Frédéric, c'était plutôt un hommage qu'il voulait lui rendre. En s'approchant au plus près, il voulait respirer le même air que lui avant qu'il ne meure[1].

Comme vous le voyez, Frédéric n'est pas que le fêtard parisien dont les médias aiment à rapporter les frasques. Quant à moi, par affection pour lui, je trouvais joli de partir à la recherche d'un homme qui veut disparaître à travers le regard d'un autre qui aime tant à se montrer.

Il est vraisemblable que l'autre raison qui justifie l'admiration de mon ami pour cet ermite magnifique est le choix d'une rigueur à laquelle il aimerait aspirer. Une fois épuisées les joies du succès et les gesticulations des clubbers et autres oiseaux de nuit, je suis convaincu qu'un beau matin il comprendra que le véritable plaisir, c'est d'être invité au festival de Cannes afin de pouvoir ne pas y aller.

Alors, un autre mariage et la cinquantaine lui donneront peut-être l'envie de concentrer son énergie sur ce qu'il fait le mieux : écrire.

1. J. D. Salinger est décédé le 27 janvier 2010.

J'en veux pour preuve son dernier roman *Au secours pardon*[2], un livre truculent, drôle, insolent et totalement désespéré, bref un livre comme je les aime, c'est-à-dire qui lui ressemble.

2. Grasset, 2007 ; Le Livre de Poche, 2008.

René Fayret

Vous avez peut-être appris que ma maison a été entièrement détruite par la colère d'un orage. Je n'ai pas de chance avec les maisons, il semblerait que les trois « F » me les reprennent toujours. Le fisc, les femmes et maintenant la foudre.

Mais après quelques semaines de découragement, les preuves d'amitié de mes voisins et des gens de ce pays m'ont donné envie de rester.

De plus, le hasard ayant mis sur ma route l'exemple de René Fayret, je n'avais pas d'autre choix que de reconstruire.

En effet, ce qui lui est arrivé est beaucoup plus grave que la perte d'une maison.

Après avoir échappé de peu à la mort au cours d'une opération, les médecins avaient diagnostiqué à René un avenir limité. Mais à l'instar de ce que chantait Jacques Brel, chez les Fayret, gémir n'est pas de mise (même loin des Marquises).

En revenant de l'hôpital, il s'attarda près d'un tronc d'arbre qui traînait dans son jardin et, réalisant qu'il n'y avait jamais prêté attention, il décida d'en faire quelque chose afin d'utiliser ce temps gagné sur la fatalité.

René dit joliment de lui-même : je suis « Re-né ».

À soixante-huit ans, il commença une nouvelle vie en s'adonnant avec passion à ce que d'aucuns pourraient considérer comme un passe-temps : la sculpture sur bois.

Au début, il le fit sans y croire, puis les objets prenant vie il décida de les finir pour les mettre en vente au profit du Téléthon.

Et petit à petit, sa femme, Jeanne-Marie, fut bien obligée de réaliser qu'à part donner à manger aux bêtes matin et soir, René passait désormais des jours entiers courbés sur ses outils.

Pourtant, depuis quarante ans, il était agriculteur. Le travail aux champs, les vaches et les veaux sous la mère, ce n'est pas un métier que l'on oublie facilement. Avec les animaux, pas de jours fériés, pas de week-ends, pas de vacances. Dans son enfance, René n'avait pas vraiment eu le choix : en ce temps-là on n'allait pas à la ville, on reprenait l'affaire familiale. Commencée avec huit hectares, son exploitation en compte désormais cinquante. Dieu merci, il a la chance d'avoir un fils pour prendre le relais. Et c'est peut-être parce que le travail de la terre n'offre pas la possibilité de voir passer le temps que René en savoure aujourd'hui chaque minute.

Après une vie entière consacrée à faire ce qu'il devait, René s'offre maintenant le luxe de faire ce qu'il veut.

Aussi, désormais, son jardin est rempli d'animaux de bois, des animaux polis qui se contentent de le regarder passer, en ne le lui demandant plus rien une fois qu'il les a mis au monde.

Bernard Fixot

Bernard Fixot fait partie de ces gens dont vous n'entendez pas souvent parler. Sa fonction d'éditeur en fait un homme de l'ombre, dont l'unique passion consiste à mettre en lumière ceux qui ont le désir, le talent et parfois le culot d'écrire. Si « Fixot » ne vous dit rien, « XO », le sigle de sa maison d'édition vous est plus familier. Dans cet univers peuplé de gens qui ne se prennent pas pour des mandarines, il fait tache depuis toujours et d'une façon inattaquable pour ses détracteurs : il publie peu de livres, mais il en vend beaucoup, ce qui est impardonnable dans une profession où le succès espéré par tous rend immédiatement suspect celui qui l'obtient.

Voyez les chiffres : alors que les grandes maisons d'édition ont besoin de sortir trois cent cinquante livres par an pour se placer dans le peloton de tête du palmarès des ventes, Bernard Fixot se retrouve en deuxième position depuis des années en en publiant à peine dix. Cette situation exceptionnelle le met au rang des cibles préférées de sa profession.

En France, si vous recherchez l'estime générale, le mieux est encore d'être mort. Là, je vous garantis des carillons de louanges.

Pour lui, le best-seller est la moindre des choses. Un minimum à atteindre. En dessous des cent mille exemplaires, même s'il trouve que l'auteur a réussi son livre, il se considère, lui, responsable d'un échec. Ce qui ne l'empêchera pas de le rééditer.

Si j'ose écrire, c'est grâce à lui (ou à cause, c'est selon) et je n'ai jamais atteint ces chiffres. Pourtant, il ne m'en a jamais tenu rigueur.

Bernard est un curieux mélange d'audace et de discrétion. Il fuit systématiquement les réceptions et autres cocktails chers aux habitués des salons germanopratins. Les mondanités ne sont pas sa tasse de thé. Un peu comme Marc Levy (encore une découverte de Bernard lorsqu'il travaillait chez Robert Laffont) à qui l'on demandait pourquoi il habitait à Saint-Germain-des-Prés, fief de l'intelligentsia parisienne, et qui répondait : « C'est parce que c'est le seul quartier de Paris dans lequel je suis certain qu'on ne me reconnaît pas. »

Bernard n'a pas le temps de sortir, car ce que les envieux ignorent, c'est qu'il lit tout et tout le temps. Et ce n'est quand même pas sa faute si ce qu'il aime est ce que vous aimez.

Étienne Daho

Vers la fin des années quatre-vingt, alors que je revenais de Los Angeles, un matin un jeune homme se présente chez moi à Paris. Le cerveau embué par le décalage horaire, je le reçois sans bien saisir l'objet de sa visite. Très bien élevé, il m'explique qu'il est journaliste et qu'il est fan de Françoise Hardy. Je lui réponds qu'il a raison, là-dessus il m'explique qu'il est en train de travailler sur un livre à la gloire de cette artiste, puis il me demande gentiment si je n'aurais pas quelques photos « de l'époque » à lui confier en vue d'illustrer son ouvrage.

Comme je suis toujours touché par l'affection que l'on porte à mon amie, je l'envoie dans mon grenier fouiller dans des caisses d'archives en désordre.

Deux heures après, il redescend tout content, tenant avec précaution des tirages auxquels il accordait apparemment une valeur qui m'échappait un peu. (À l'époque, mes photos des années soixante n'intéressaient personne.)

Quelques années plus tard, alors que j'étais de passage à Paris, Françoise m'appelle et me propose d'aller écouter un jeune chanteur de ses amis, un certain Étienne Daho. Toujours attentif au flair de cette chère « Excellente », j'obtempère.

L'Olympia est bourré de mômes hystériques. Dans le noir, je regarde le profil de Françoise, incontestablement le plus beau de sa génération.

Le rideau s'ouvre et quelle n'est pas ma surprise en voyant sur la scène, entouré de musiciens électriques, le petit journaliste en pleine action, maîtrisant la scène avec aisance. Toujours apparemment aussi gentil, il faisait preuve d'une décontraction qui n'avait rien à voir avec le garçon timide d'il y a quelques années.

Je l'ai souvent revu depuis et, comme beaucoup d'autres, j'ai pu constater que sa gentillesse n'était pas feinte. Je crois même avoir rarement rencontré artiste plus généreux.

C'est lui qui, par la suite, me conseillera de publier mes livres de photos sur les années soixante, lesquels me permettront de jouir d'une gloire posthume tout en étant vivant.

Merci, Étienne.

Thomas Dutronc

Thomas Dutronc est l'exemple type de ce que devrait être un fils. C'est simple : il a réussi à cumuler les qualités de ses parents sans en avoir les défauts.

Il est réservé, affectueux et méticuleux comme sa mère ; discret, lunaire et insolent comme son père ; pour parfaire le tout, il est une synthèse du talent des deux. Vous me direz que ce garçon a sûrement des défauts, oui, rassurez-vous, il est fuyant comme un chat et comme lui, il est capable de ne rien faire : poussant la paresse au niveau d'un art, donc se sentant coupable, il travaille sans cesse comme seuls les paresseux savent le faire.

Bien sûr, je le connais depuis sa tendre enfance, mais le premier vrai souvenir que j'ai de lui date de mes pérégrinations avec Serge Gainsbourg dans les années quatre-vingt. Je vivais alors aux États-Unis et lorsque je venais en France, je logeais au Raphael, un merveilleux hôtel près de l'Étoile, à Paris. Serge y séjournait souvent pour y écrire ou pour échapper à son quotidien, lequel n'était pourtant pas banal.

Souvent, vers une heure du matin, il frappait à ma porte, bouteilles de champagne à la main, m'invitant à le suivre dans ses pérégrinations nocturnes préférées, à savoir la visite inopinée des commissariats de Paris.

Gainsbourg adorait la compagnie des flics et plusieurs fois par mois il faisait irruption dans ces endroits dont on ne peut pas dire que la gaieté y règne en pleine nuit. Il fallait voir l'entrée du poète passablement éméché dans ces lieux à la violence palpable, trinquant aux officiers fatigués par la promiscuité des misères du monde.

Ses visites étant fréquentes, certains commissaires de quartier tentaient de l'envoyer chez des collègues. C'est ainsi que Serge pouvait faire trois visites par nuit.

Je me souviens de la fois où il avait exigé qu'on le conduise dans une voiture de police. Après avoir insisté pour qu'on mette en marche la sirène, je le revois en plein milieu des Champs-Élysées hurlant par la fenêtre : « Écoutez bien les petits, ça, c'est le plus grand tube du monde ! »

Un soir, quelle ne fut pas ma surprise de voir Thomas aux côtés de Serge assis dans un taxi parisien. Que venait faire un garçon de douze ans dans cette étrange randonnée ? Dans un commissariat du 15e arrondissement, tandis qu'en arrière-plan on entendait Serge et des motards chanter une mélopée à la gloire de la Légion étrangère, je vis le petit Thomas en arrêt devant une cellule de verre, fasciné par un vagabond entièrement nu qui chancelait en lui lançant un vague sourire. Il m'a semblé que ce n'était pas là la place d'un garçon de son âge, aussi l'ai-je ramené chez lui.

Curieuse éducation, me direz-vous. En réalité c'était une chance. Être confronté à la fantaisie d'un type aussi génial que Gainsbourg, tout en côtoyant l'originalité sans pareil de son père et en étant protégé par l'amour débordant de sa mère : ce cocktail explosif ne pouvait qu'engendrer une perle rare.

Son premier disque en est la preuve. C'est insolent, drôle et émouvant… comme l'histoire de sa vie.

Christian Audigier

Voilà bien une aventure française des plus rares, une aventure telle qu'on la voit racontée dans les films ou résumée dans les journaux people.

Ce natif d'Avignon a réussi en à peine cinq ans à fonder un empire dans le domaine de la couture populaire, loin des podiums parisiens hantés par la reconnaissance mondaine, et ce dans la ville la plus difficile à conquérir, à Los Angeles, le centre absolu du rêve américain.

Depuis toujours, Christian avait deux obsessions : approcher Johnny Hallyday et faire fortune en Amérique. Tout jeune, il calquait sa vie sur celle de Jojo. Si celui-ci se teignait en blond, il faisait de même ; si l'idole devenait motard, Christian se transformait en Hell's Angel. Johnny chantait en cravate ? Il se commandait aussitôt un costume.

Après quelques années d'errance dans les années quatre-vingt-dix, il décide de tenter sa chance en Californie. Il y débarque avec cinq cents dollars en poche et l'idée d'une casquette.

Cette casquette bariolée de strass sera le fondement de toutes ses idées à venir, à savoir faire insolent, drôle et sans prétention.

Et cher évidemment.

Audigier a cet esprit de survivant propre aux boutiquiers du Sentier. Ne voyez aucun mépris dans mes propos, ces gens-là ont tout mon respect.

Le matin au réveil, dès qu'ils ouvrent un œil, c'est comme s'ils relevaient le rideau du magasin, après quoi c'est la guerre, il faut vendre, avancer, faire du business. Ils ont le sens du tragique et l'humour propre aux minorités. Ils ne sont pas là pour rire et pourtant ils se marrent tout le temps. Ils veulent tout et tout de suite comme si la mort leur caressait l'épaule.

Christian a une idée, une idée simple de rêveur d'Hollywood. Il se renseigne et apprend que Madonna, la chanteuse amorale au collier crucifix, dîne de temps en temps chez Mister Chow, un restaurant chinois huppé de la ville. Le soir, sa casquette serrée dans une main fébrile, il l'attend.

Puis une nuit, à l'heure où la ville dort, elle apparaît entourée des incontournables costauds à lunettes noires en costard Armani qui parlent tendrement à leur montre. Alors, sans hésiter, Christian fend la foule et tend sa casquette à la chanteuse en criant « *It's a gift !* » Et là, miracle, la scandaleuse sourit en regardant l'objet et d'un geste impérial elle la met sur sa tête.

Les flashes des paparazzis s'en donnent à cœur joie et le lendemain, tous les journaux du pays la montrent coiffée du strass « audigien ».

Sa fortune démarre là. Après avoir travaillé successivement avec diverses marques, il reprend Von Dutch à son compte et invente Ed Hardy.

Il possède aujourd'hui cinq marques de vêtements dont Smet, une ligne à l'effigie de Johnny Hallyday, lequel, inconnu jusqu'alors sur Sunset Boulevard, n'en revint pas de se retrouver sur des affiches géantes dans l'Amérique de l'an 2000.

Bon, je ne vous dirai pas que sa production risque d'empêcher de dormir Christian Dior ou Mlle Chanel au paradis des créateurs, mais il poursuit son chemin vers son rêve de voir un jour son nom en grand sur une des collines d'Hollywood.

Pour moi, il est quatre heures de l'après-midi, l'heure d'aller prendre un thé du côté de Villefranche en me demandant quel film je regarderai ce soir.

Au même moment à Los Angeles, Christian se réveille en cherchant, comme chaque jour, le moyen le plus rapide pour conquérir le monde. Deux écoles s'affrontent.

2008

Stéphanie et Jérôme Ginestet-Cros
Yves Saint Laurent
Didier Dagueneau
Jean Demachy
Sylvie Vartan

Stéphanie et Jérôme Ginestet-Cros

Je ne sais pas d'où vient la phrase « on ne peut séparer la forme du fond », mais si vous désirez en vérifier le bien-fondé, je vous suggère d'aller faire un tour à Assier chez Stéphanie et Jérôme.

Tandis qu'en cuisine il concocte des plats merveilleux aussi simples qu'authentiques (tout à coup j'ai l'impression d'émarger chez Gault et Millau), dans la salle où règne un calme bienvenu (pas de musique idiote vous obligeant à bouffer en mesure), deux charmantes jeunes femmes évoluent.

Il s'agit de Stéphanie et de son assistante, Hilda. Cambrure de danseuses et sourires constants, elles répondent à une clientèle de fidèles en faisant régner une gentillesse qui force l'admiration.

Je vous ai déjà parlé de ma considération pour les Savignac qui, à Peyrusse-le-Roc, perpétuent cette tradition indispensable à la France profonde que sont les vrais restaurants de campagne.

Il en va de même pour Stéphanie et Jérôme, même si ce dernier ajoute aux trésors du terroir une touche de modernité.

Et si j'ai envie de leur rendre hommage, c'est parce qu'ils sont rares, les jeunes couples qui décident de vivre hors des grandes villes. Car même si Peyrusse est un site exceptionnel et Assier, un très joli village au milieu du Causse, au cœur de l'hiver, lorsque la nuit tombe, vers quatre heures et demie, soyons franc, on est quand même très loin de Rio de Janeiro. Et il faut une belle dose d'amour pour son métier et sa région pour décider à cet âge de tourner le dos aux facilités citadines.

Je ne suis pas fou, Dieu sait si j'aime chanter les beautés de nos contrées, mais je sais bien que j'ai quand même de la campagne une idée de Parisien. Serais-je capable de ne pas bouger plus de six mois d'affilée de ma petite maison avec pour seules compagnes les vaches de mon voisin ? Pas sûr.

Alors que Stéphanie, pour rien au monde, ne changerait de destin. L'après-midi, ramasser des châtaignes en allant chercher son fils, Gabriel, à l'école pendant que son mari fait du vélo, voilà la vie qu'elle voulait en reprenant cet hôtel-restaurant il y a quatorze mois et elle s'y tiendra.

Tous les jours, elle ouvrira les portes de son petit palace, attendant des habitués ayant réservé depuis deux ou trois semaines, et avec Jérôme elle fera comme ils ont prévu avec ce qu'ils ont sous la main, ni plus ni moins, quitte à refuser du monde.

« On n'est pas comme en ville, nous, on ne prend pas les clients pour des pigeons ! »

Voilà pourquoi le pigeon des villes que je suis se plaît à la campagne.

Yves Saint Laurent

De tous les gens que j'ai rencontrés lorsque je travaillais à *Elle*, il est certainement celui que j'attendais le plus.

Dans les années soixante, nous nous étions vus à plusieurs reprises à propos d'un smoking qu'il avait imaginé pour Françoise Hardy. Bien qu'adulé par les créateurs du monde entier, il avait déjà cette réserve, cette courtoisie qui est la marque des gens rares. Il me reçut deux ou trois fois chez lui, fumant ses cigarettes les unes après les autres, son chien lové autour de sa jambe ; il avait presque l'air de s'excuser d'être dans la pièce. Il était l'élégance personnifiée, puisque, ainsi que le disait Coco Chanel, l'élégance, c'est ce qui ne se voit pas.

À ce que je sais, cette photo est la dernière qu'il ait faite en studio.

Quelques mois plus tard, alors que j'allais dîner au Mathi's, un restaurant du soir où j'avais mes habitudes, je tombe sur Yves en compagnie de quelques amis. Comme souvent, même entouré de beaucoup de monde, il avait l'air seul.

Lorsque je viens pour le saluer, il me fait un signe afin de me glisser un mot à l'oreille. Il me parle affectueusement de cette photo et ajoute que je lui ferais vraiment plaisir en lui envoyant un tirage.

Yves Saint Laurent, un homme photographié par les plus grands portraitistes, me demande à moi si je peux lui envoyer un tirage, je n'en croyais pas mes oreilles.

Bien sûr, dans la semaine, je m'exécute et je lui fais envoyer cette photo par coursier.

Et puis, quelque temps plus tard, Yves Saint Laurent est mort.

Il est difficile d'imaginer le choc que fut la disparition de ce couturier pour l'univers de la mode.

Il était le dernier lien avec une époque remontant à Madeleine Vionnet, Paul Poiret, Balenciaga, Coco Chanel ou Christian Dior.

Quelques jours après son enterrement, je trouve chez moi un énorme bouquet de fleurs, sans doute le plus volumineux qu'il m'ait été donné de recevoir.

Dans l'enveloppe, il y avait un mot d'Yves me remerciant pour le tirage.

Je ne sais plus combien de temps j'ai laissé ce bouquet sur la table au milieu du salon. Les feuilles en tombèrent pendant des semaines, sans faire de bruit, comme des larmes. Ce que je sais, c'est qu'il est resté là jusqu'à la dernière feuille.

Didier Dagueneau

Ma maison aveyronnaise étant momentanément impraticable (on va dire ça comme ça puisqu'elle a brûlé) et ma passion pour la campagne française n'étant pas un caprice, je décidai il y a quelques mois d'écrire avec Laure Gasparotto, mon amie œnologue, un livre consacré aux vignerons de notre pays. Ainsi, depuis six mois, je sillonne les routes des régions viticoles afin de rencontrer les passionnés, les obsessionnels, les artistes que sont ces gens qui vouent leur vie à la vigne.

N'ayant pas encore renoncé à plaire, j'octroyai seulement à cette activité le rythme raisonnable d'une semaine par mois, afin d'éviter la vilaine surcharge pondérale dont n'auraient pas manqué de me faire cadeau les nombreuses dégustations et autres ripailles coutumières des adeptes de cette profession.

Ma silhouette d'ex-playboy germanopratin en aurait été alors profondément affectée, conséquence regrettable que ne m'auraient pas pardonnée quelques anciennes maîtresses.

J'ai ainsi fait la connaissance d'une quarantaine de personnes extraordinaires, passionnées par leur métier, redorant le blason de la viticulture française grâce à une exigence de qualité qui tendrait à faire défaut aux apôtres de la mondialisation. Chez eux, j'aime autant vous dire qu'on ne recourt pas à la chimie approximative ou qu'on ne rajoute pas du bois dans les cuves pour plaire aux clients d'Asie du Sud-Est. J'ai même rencontré quelques cinglés vivant chichement sur deux ou trois hectares, guettant à longueur d'année le ciel comme un associé frivole, coupant les grains un à un à l'aide d'un coupe-ongles, et palpant la terre comme une fiancée tout en maudissant la pluie les soirs d'été.

Un des plus surprenants fut sûrement Didier Dagueneau, le chantre du pouilly fumé. Il faut le voir dans son petit domaine de Saint-Andelain, entouré d'adeptes de la culture biodynamique et du travail bien fait. Il mêle aisément l'exigence des traditions (quand il m'invite chez lui, il commence toujours par tuer le cochon) aux techniques les plus modernes (Internet est son bréviaire). Il vit à fond ses trois passions : ses vins, sa famille et ses chiens de traîneau. (Je ne me suis pas permis de lui demander dans quel ordre.)

Quand il n'est pas penché sur ses vignes, il est en cuisine avec sa femme ou en forêt avec ses bêtes. Pour moi qui aime par-dessus tout les gens qui inventent leur vie, avec Dagueneau je suis gâté ; je me suis donc empressé de m'en faire un ami.

De tous ceux que j'ai rencontrés pendant l'élaboration de ce livre[1], il est assurément un des plus pittoresques. Vous le verrez dans ce livre dont la parution est prévue pour 2009 et que je ne manquerai pas de

---

1. *Les Vins de Laure*, Grasset, 2009.

rappeler à votre souvenir. Et n'allez pas me taxer de manies mercantiles, soyez rassurés, il s'agit seulement de plaisir à partager.

*

Depuis l'écriture de ces lignes, Didier est parti faire un grand tour à la suite d'un accident d'ULM. Il existe encore dans la fabrication de ses vins grâce à son fils, qui en assure la pérennité.

Jean Demachy

La semaine dernière, j'ai perdu une des personnes les plus importantes de ma vie. J'aimerais vous la présenter.

Elle s'appelait Jean Demachy. Vous ne connaissez pas son visage et pourtant, depuis plus de cinquante ans, il a influencé votre vision de trois des plus grands magazines de notre pays, à savoir *Marie Claire* dès les premiers numéros, dans les années cinquante, *Lui* dans les années soixante et *Elle* dans les années quatre-vingt et quatre-vingt-dix. Il en était le directeur artistique, autrement dit le témoin précurseur des modes, le garant du goût, le responsable d'une certaine tenue.

Les amateurs de beaux journaux seront nombreux à le regretter, car ses qualités tendent hélas à cruellement manquer à la presse française. Mais moi, c'est un ami, un protecteur, un exemple que je perds.

Je fis sa connaissance en 1956, j'avais à peine seize ans et je savais bien peu de chose. En trois phrases il m'avait rassuré, accueilli, fait cadeau de son élégance et de cette science des rapports humains qu'est la courtoisie.

Comme les quelques personnes qui auront vraiment compté (Daniel Filipacchi et Régis Pagniez, mais je vous en parlerai une autre fois), il avait surtout cet humour conduisant à rire de tout à commencer par lui-même, et très vite sa famille était devenue la mienne.

Si sa passion préférée était l'art de la conversation, comme toute personne bien élevée, il savait d'abord écouter. Témoin privilégié de toutes les étapes de mon existence, des premiers baisers aux dernières tristesses, il aura toujours su gommer le sérieux des choses pour les rendre plus légères, comme pour m'aider à mieux comprendre qu'elles ne font que passer. Il me laisse d'innombrables souvenirs de rires de vacances, de sable, de neige, de falaises, de moments chaleureux.

La foudre imbécile ayant transformé ma maison en souvenir, je n'ai pas pu l'accueillir dans notre région cet été. Je le regrette, mais bientôt j'y emmènerai sa femme, Claude, et ses trois filles puisqu'il a eu la gentillesse de nous les laisser.

On prendra bien soin d'elles, tu peux compter sur nous.

Au revoir, Jeannot.

Sylvie Vartan

Samedi dernier, j'ai assisté à la dernière représentation de Sylvie au Palais des Congrès. Elle y a fait un triomphe devant une salle remplie d'amis et d'admirateurs.

La voir comme ça, toujours dans la lumière, avec une énergie intacte et une fidélité totale à un certain genre de chansons, m'a touché tout en me faisant faire un bond en arrière de cinquante ans. Lorsque je l'ai rencontrée, elle n'avait que seize ans et son visage était d'une incroyable finesse. Elle a tout de suite été mon amie et ça n'a jamais changé.

Quand je pense au parcours extraordinaire des parents de Sylvie pour quitter la Bulgarie au bout de quinze années de tracasseries administratives...

Après avoir enfin réussi à rejoindre la France, pays de leurs rêves pour ses arts, ses paysages et sa tranquillité, il avait suffi que leur fille bien-aimée prenne le chemin d'un studio pour qu'elle devienne la reine du twist. Et cet endroit qu'ils avaient imaginé comme un havre de paix se retrouvait du jour au lendemain cerné de fans en furie et de photographes avides de scandales.

Cela dit, Sylvie n'a eu de cesse d'offrir à ses parents la vie de rêve à laquelle ils avaient aspiré.

Je partage avec elle une kyrielle de souvenirs. Pour son mariage avec Jojo, elle m'avait choisi pour témoin et je n'oublierai jamais sa déception devant la foire médiatique que cet événement avait provoquée, elle qui aurait voulu une cérémonie calme, comme dans ses rêves de petite fille.

Pendant toutes ces années ponctuées d'innombrables voyages aux États-Unis, au Brésil ou au Japon, de ses moments de solitude ou de ses joies de jeune maman, j'ai eu le privilège d'être son confident. Partie de rien, elle a maintenu le cap avec courage et volonté et la voir resplendissante hier soir m'a fait chaud au cœur.

Avec le temps qui passe, je mesure à quel point j'ai été gâté. Mes amitiés furent belles et celle de Sylvie en reste un des plus beaux fleurons.

2009

Jacques Dutronc et François Paoli

Ma maison ayant subi un incendie,
je n'ai pu faire mes chroniques habituelles.
L'année prochaine, tout rentrera dans l'ordre.

Jacques Dutronc et François Paoli

Mes chers amis aveyronnais, c'est avec plaisir que je vous annonce mon retour chez vous. Comme vous le savez sans doute, ma maison ayant brûlé, j'ai dû m'absenter le temps de la reconstruire.

Aussi pour fêter l'événement, je ne vois pas de meilleure nouvelle à vous donner que celle de mon ami Jacques Dutronc ayant décidé de revenir sur scène.

À partir de janvier, il sera sur les routes de France et je vous engage vivement à aller le voir, car de tous les artistes que j'ai rencontrés, il est certainement le plus rare et, attendu qu'il n'est pas un fanatique du travail forcé, vous ne risquez pas de le revoir de sitôt.

Je le connais : dès qu'il le pourra, il ira retrouver son copain François Paoli, le boucher corse que j'ai le plaisir de vous présenter sur la photo.

Après l'incendie, je ne vous cache pas avoir été victime d'un certain découragement. C'est étrange pour un non-croyant dans mon genre de ressentir comme le méchant doigt d'un Dieu éventuel pointant ma petite personne en lui intimant l'ordre de déguerpir au plus vite. Peut-être est-ce mon athéisme forcené qui m'a donné envie de tenir tête.

À vrai dire, c'est surtout grâce à la gentillesse de mes voisins et des gens de la région que j'ai décidé de reconstruire.

En fin de compte, force est de constater que la foudre m'a rendu service puisque, aujourd'hui, la petite ferme dans laquelle je m'étais déjà glissé avec bonheur tient plus de la gentilhommière paysanne : elle est devenue l'écrin idéal de mes vieux jours.

En effet, réalisant que mon avenir était quand même plutôt derrière moi, je me suis aménagé un espace de plain-pied apte à satisfaire mon statut de futur cacochyme.

Désormais, dans ma maison tout se passe en bas, je peux même ramper de mon lit jusqu'au salon. Autrement dit : plus jamais je ne « monterai me coucher ».

Décidément, j'aime cette région pour le plaisir indicible qu'elle me donne de voir et de ressentir le temps qui passe et je ne m'y ennuie jamais.

C'est pourquoi je me réjouis d'avoir pu enfin retrouver mon avenir dans l'Aveyron.

À table !

2010

Emmanuel Torres
Arlette Chabot et Yves Calvi
Pierre Gardelle
Danielle Darrieux et Micheline Presles
Nadine Carel et Manuel Rubio
Carla Bruni
Georgette et Catherine Lagarrigue

Emmanuel Torres

C'est bien connu, beaucoup de garagistes sont des voyous, mais certainement pas celui-là.

Coup de bol, il est de chez nous.

Emmanuel Torres est un enfant du pays. Il est né à Toulonjac de parents espagnols, de ces gens qui font la France d'aujourd'hui, n'en déplaise aux chantres de l'identité nationale qui vous demanderont bientôt vos papiers avant de vous serrer la main.

Il a monté son propre garage il y a un an et demi à la sortie de Villeneuve, vous ne pouvez pas le rater : à gauche sur la route de Figeac, vous passez les grilles et là vous tombez sur un sourire. Car Emmanuel Torres a cette qualité rare de nos jours, c'est un homme qui commence toujours par dire « oui ». Avec lui, vous ne risquez pas d'assister au numéro habituel en vogue dans cette corporation : coup de pied dégoûté dans le flanc du pneu accompagné d'une gâterie du genre, « c'est une casserole, votre truc » et autres joyeusetés que vous réservent les filous en salopette prêts à vous toiser en calculant le pognon qu'ils vont vous soutirer.

Ce n'est pas le genre de la maison. Torres fait le boulot et il aime ça.

Ces temps-ci, quiconque s'est retrouvé planté en pleine campagne, à tourner autour de sa voiture comme s'il s'agissait d'un extraterrestre, sait qu'un garagiste avenant, ça tient de l'humanitaire. Car le temps où l'on pouvait réparer soi-même sa machine en soulevant le capot est loin derrière nous. Désormais, soit on est expert en informatique, soit on reste sur le bord de la route à faire du stop.

Après avoir appris son métier à Villefranche-de-Rouergue, Emmanuel s'est donc décidé à ouvrir sa propre affaire. Ce faisant, il a fait plaisir à son père, lequel était mécanicien chez Citroën avant de prendre une retraite bien méritée.

Aussi ne soyez pas étonné si en entrant un jour dans son garage vous voyez M. Torres père flâner au milieu des carcasses de deux-chevaux. Pour un immigré, avoir un fils qui vous dépasse, c'est la plus grande des fiertés.

Arlette Chabot et Yves Calvi

Dans « les milieux autorisés », il est de bon ton ces temps-ci de dire qu'on ne regarde pas la télévision.

C'est comme pour les prostituées, personne n'« y va », mais il y en a quand même cinq mille au boulot dans la capitale. Ou pour le journal *Closer,* que personne ne lit, ou bien seulement chez le dentiste. Il faut croire qu'une foultitude de gens vont toutes les semaines se faire dorloter les molaires.

Je l'avoue, je suis un téléphage enragé. Tout m'intéresse dans le petit écran, à part la télé-réalité, puisque ce n'est ni de la télé ni la réalité.

Du reste, lorsque je voyageais beaucoup, je commençais toujours par allumer la télé dans ma chambre d'hôtel. Comme c'est ce que les gens regardent, il y a de grandes chances que cela leur ressemble.

Aussi, en France on aurait tort de se plaindre.

Après avoir visité presque tous les pays, je peux vous dire que grâce à la multiplicité de chaînes dont nous disposons, la télévision française est de très loin la meilleure. Curieusement, alors que je n'éprouve aucun intérêt pour la politique, les débats télévisés restent parmi mes spectacles préférés. Sans doute parce que derrière les attitudes convenues et autres langues de bois, il y va quand même de la vie des gens.

Pour avoir été souvent invité dans des émissions, j'ai acquis la certitude qu'il existe un rapport étroit entre le comédien de théâtre et l'interviewé. Ce qui compte n'est pas dans ce que l'on dit mais dans la manière, ce ne sont pas les mots qui sont importants, mais la musique des mots. Une ineptie déclamée avec une conviction démonstrative passera toujours mieux qu'une pensée intelligente dite avec timidité. Les discours d'un Alain Juppé ou d'un Michel Rocard demeurent inaudibles malgré leur pertinence, alors que certains, que vous reconnaîtrez aisément, nous font avaler les couleuvres les plus stupides grâce à leur sens de la mélodie emphatique. D'où l'importance de ceux qui mènent la danse, à savoir les animateurs.

À mon sens, pour ce qui est de ce genre d'exercice, Arlette Chabot et Yves Calvi sont de loin les meilleurs. Car il faut des nerfs d'acier pour tenir tête en direct aux vieux routiers de la politique. Contrairement à beaucoup de leurs confrères qui n'invitent les gens dans leurs émissions que pour se mettre eux-mêmes en valeur, ils ont l'art d'écouter sans couper la parole, tout en gardant la maîtrise du jeu.

Je ne rate jamais leurs émissions et c'est parce qu'ils ont toute mon admiration que j'ai eu envie de les réunir sur cette photo.

Au fait, qu'est-ce qu'il y a ce soir à la télé ?

Pierre Gardelle

Villeneuve-d'Aveyron à deux heures du matin, je dois le reconnaître, ce n'est pas vraiment Ibiza. Et pourtant, alors que tout le monde dort, Pierre Gardelle, lui, se réveille. C'est que la vie d'un boulanger ressemble curieusement à celle d'un marin. À cette heure de la nuit, son échoppe est aussi isolée que le navire d'un pêcheur à vingt milles des côtes. Pour se sentir moins seuls, les deux ne peuvent compter que sur la radio, l'un attend la voix d'un ami, l'autre écoute les émissions destinées aux insomniaques.

À dix heures du matin, Pierre va se coucher pour se relever à quinze heures, et ce jusqu'à vingt heures, au moment où la France regarde le journal télévisé.

Difficile de garder une femme dans ces conditions : son père, dont il a repris l'affaire, l'avait bien prévenu.

Même les amis s'éloignent et, en fin de compte, à part ses collaborateurs de la boulangerie, le seul avec lequel il entretient une conversation ininterrompue, c'est son chien, celui-ci présentant au moins l'avantage de ne jamais le contredire.

Divorcé donc, il est père de deux enfants qu'il aimerait voir plus souvent, ne serait-ce que pour parler avec eux de leur vie, de leurs projets. Mais les enfants, c'est connu, aiment à mener leur chemin à leur façon.

Sa fille s'occupe de chevaux et son fils aspire aux voyages.

Alors, je suppose que Pierre se contente de les écouter ; aussi j'espère qu'un jour ils réaliseront leur chance, car un père qui écoute, ce n'est déjà pas mal.

Un jour viendra l'heure de la retraite, mais après une existence rythmée par de tels horaires, arrive-t-on vraiment à la prendre ?

Il y a autant de passion dans l'activité d'un boulanger que dans celle d'un artiste, ce sont des occupations que l'on ne quitte jamais.

Il y a donc peu de chances que Pierre se repose un jour.

Il est deux heures du matin, c'est l'heure où je vais me coucher et tandis que j'éteins la lumière, je ne peux m'empêcher d'avoir une pensée pour lui, qui se lève pour aller préparer ce pain que j'achèterai demain, sans réfléchir au dévouement caché dans ma jolie baguette.

Danielle Darrieux et Micheline Presle

Permettez-moi de vous présenter ces belles personnes. J'aime autant vous dire que depuis leur première apparition sur les écrans français, ces deux-là en ont fait rêver plus d'un, à commencer par votre serviteur.

Et si j'ai organisé cette prise de vue, c'est parce que je brûlais d'envie de leur poser une question qui m'avait toujours taraudé : est-ce que l'une d'elles avait eu une aventure avec mon père, François Périer ?

L'idée peut vous paraître incongrue et vous devez penser que de toute manière ça ne me regarde pas.

Je sais, mais voilà, la vérité c'est que ça m'aurait fait vraiment plaisir. Car ces femmes-là représentent pour moi le charme, la beauté, l'élégance, l'humour et surtout une simplicité que je rencontre trop rarement aujourd'hui. Et l'idée que l'une d'elles, au choix, ait pu traverser la vie de mon père m'aurait enchanté. Ils avaient travaillé et ri ensemble si souvent, alors pourquoi ne pas imaginer un détour par une amourette ?

Bien sûr, lorsque je les eus toutes les deux en face de moi, je mesurai l'impolitesse de ma demande et je n'en soufflai mot.

Lorsque j'étais gamin, j'accompagnais souvent mon père sur le tournage de ses films et je me souviens de m'être retrouvé un jour assis le long du mur d'un grand studio de cinéma dans lequel il répétait une scène en compagnie d'une actrice. Mais laquelle, Danielle ou Micheline ? Là curieusement, c'est le trou noir, pourtant, c'était une des deux, j'en suis sûr.

Derrière moi, il y avait un machiniste, un de ces ouvriers de génie avec une tronche à la Gabin, au langage digne d'Audiard, un de ces obscurs qui faisaient tourner la machine tout en représentant l'aristocratie du cinéma de l'époque.

Il était adossé à une échelle en train de fumer tranquillement sa Gitane maïs, guettant calmement les directives du metteur en scène, le visage un peu lassé par des années d'attente ponctuées de caprices d'artistes en tous genres.

Tout à coup, voilà que la vedette féminine du film passe devant moi. Était-ce Danielle, était-ce Micheline ? Fasciné par cette apparition, comme je la suivais d'un regard ébloui, le machino derrière moi se pencha doucement et me susurra à l'oreille : « Mon grand, je vais te donner un bon conseil. Ne baise jamais au-dessus du titre ! »

Je vous prie de pardonner la grossièreté de sa phrase, mais l'idée que cet homme suggérât à un enfant de mon âge qu'il ne lui semblait pas prudent de s'attacher à une « vedette » m'apparaît encore aujourd'hui comme une des allégations les plus poétiques qu'il m'ait été donné d'entendre.

Ce dont je me souviens, c'est que cette jeune femme était très belle.

Était-ce Danielle, était-ce Micheline ? Je ne le saurai jamais.

Nadine Carel et Manuel Rubio

Il est loin, le temps où les dames laissaient nonchalamment tomber leur gant sur le sol des Grands Boulevards afin d'attirer le regard du passant conciliant. Considéré alors comme une seconde peau, il était le premier lien des rapports amoureux.

Puis vint la guerre, qui le plaça au rang des utilités, désormais c'était sa peau qu'il fallait sauver.

Et lorsque les années soixante déferlèrent sur le monde, le jeunisme ambiant transforma l'objet en prolongement pour blousons noirs, le signe de ralliement des mauvais garçons, ces nouveaux faiseurs de mode.

C'est justement le monde de la mode qui, dans les années quatre-vingt, va redonner au gant ses lettres de noblesse.

Malheureusement, un à un les gantiers se délocalisèrent dans des pays lointains à la fiscalité complaisante, l'obsession du rendement préférant tabler sur la quantité, laissant la qualité à une main-d'œuvre au savoir-faire approximatif.

Dieu merci il y a encore en France des gens qui maintiennent à bout de bras une fabrique de gants faits à la main, préservant ainsi une tradition qui remonte à 1892, lorsque cette maison fut créée par la famille Causse.

À cette époque, ces derniers récupéraient les peaux des agneaux que l'on tuait afin qu'ils ne boivent pas le lait des brebis. La matière en était souple et douce, il semblait naturel qu'elle finisse par protéger les mains fines des dames de la haute.

Au début des années 2000, Nadine Carel et Manuel Rubio reprirent l'affaire avec Olivier, le dernier des Causse, et la transformèrent en une fabrique à l'allure moderne tout en conservant la passion de l'artisanat. Aujourd'hui, dans de grandes salles claires toutes de bois, de cuivre et de verre, trente-cinq employés confectionnent à la main des articles en tous genres destinés aux boutiques du monde entier. Aux États-Unis, au Japon, en passant par la Russie et quelques Émirats, des femmes de toutes les couleurs admirent ces gants dans des vitrines de luxe sans savoir qu'ils viennent de Millau, dans l'Aveyron.

Les maisons Chanel, Vuitton et Hermès ne s'y trompèrent pas, elles qui travaillent depuis longtemps avec la maison Causse, et vous pouvez me croire, ces gens-là sont exigeants. Mais qu'ils se rassurent, ils peuvent dormir tranquilles, Nadine et Manuel sont sur le pont.

Carla Bruni

Comme vous le savez peut-être, j'ai publié il y a quelque temps un livre consacré à ces jeunes adolescents renvoyés de chez eux par leurs parents parce qu'ils sont homosexuels[1]. Mon but premier était de faire connaître cette réalité aux gens qui, comme moi, sont des parents ignorant tout de ce genre d'aberration.

Mais je voulais aussi trouver de l'argent pour aider Le Refuge, l'association de Montpellier qui s'occupe de ces jeunes en détresse. Et là, laissez-moi vous dire que la plupart des appels que j'ai lancés dans le marigot des personnages fortunés ou influents de la capitale sont restés lettres mortes. On ne peut pas dire que ça se soit bousculé au portillon.

Jusqu'au jour où, à ma grande surprise, j'ai reçu une invitation de Carla Bruni, désirant s'entretenir avec moi de ce problème, alors que je ne lui avais rien demandé.

Il se trouve que je la connais de longue date, du temps où je faisais des photos pour le journal *Elle*, dans les années quatre-vingt-dix. J'avais déjà pu constater qu'elle n'était pas qu'un mannequin doué pour les défilés de mode.

1. *Casse-toi !*, Oh ! Éditions, 2010 ; Pocket, 2011.

Fille d'une famille italienne riche et cultivée (il n'y a pas de honte à ça), Carla avait déjà une façon très particulière d'aborder la vie. Elle était aussi libre que fantaisiste, et aussi provocante que bien élevée.

Quand on se retrouve dans sa position actuelle, on risque évidemment d'être la cible de toutes les attaques, et ça ne manque pas, tant pour elle que pour son mari.

Je connais ce dernier depuis plus de trente ans, j'ai toujours entretenu avec lui des rapports des plus courtois et il me l'a bien rendu, bien que je n'éprouve aucun intérêt pour la chose politique – ne comptez pas sur moi pour m'adonner à cette lubie française qui consiste à systématiquement dégommer les gens que l'on met au pouvoir. Je connais autant de dirigeants à droite qu'à gauche et ma relation avec eux n'a rien à voir avec leurs partis ou leurs prises de position. Pour moi, seule compte l'estime.

Toujours est-il que ce jour-là, en une heure et trois coups de fil, celle que l'on se complaît à appeler la première dame de France a contribué à régler le problème de cette petite association en moins de temps qu'il ne faut pour le dire.

Grâce à elle, certains de ces jeunes gens, dont le seul tort est d'aimer quelqu'un à leur manière, ne se retrouveront pas à la rue. Carla n'avait rien à y gagner, elle l'a fait par bienveillance et par amitié.

Je lui en sais gré, et c'est pourquoi, en ce qui me concerne, Carla représente la meilleure nouvelle survenue à l'Élysée depuis des lustres.

Georgette et Catherine Lagarrigue

Partout où je suis allé dans le monde, j'ai toujours commencé par les marchés. C'est souvent là que sont les gens que j'aime à rencontrer. Dans l'Aveyron et alentour, on peut dire qu'on est vraiment gâté. Pour acheter une salade, une heure de route ne me fait pas peur ; d'accord, je sais, ce n'est pas très écolo, mais qui a dit que le bonheur devait être raisonnable ?

Tous les jeudis donc, je vais au marché de Villefranche-de-Rouergue. J'y retrouve des visages connus. Sur la place de Morthon, il y a une gentille personne qui vend des volailles.

La première chose que l'on voit dans les yeux de Catherine Lagarrigue, c'est qu'elle n'a pas peur de se retrousser les manches.

Lorsqu'elle me reçoit dans sa maison, au milieu du village de Vabre-Tizac, j'ai l'impression de pénétrer dans une volière. Catherine est en train de préparer les poulets pour le prochain marché, aidée par des voisines et Georgette, sa mère, la doyenne de ces lieux.

Il y règne une agitation calme. Cette maison n'est pas que le centre de la famille depuis toujours, c'est aussi celui du village. Jadis le grand-père y tenait restaurant et servait aussi de station à essence. Le dimanche, dans la cuisine, on tuait les poulets et on débitait le veau pour que les gens de la région viennent faire leurs courses après la messe.

Dans la cheminée d'une salle improvisée en restaurant, on faisait les saucisses sur la braise, c'était une fête.

Ces temps lointains furent bien vécus et chez les Lagarrigue on ne se plaint pas, on fait avec ce qu'on a, on apprécie la qualité de sa vie et on connaît la valeur de ce qu'on vend. Bien sûr, il y a « la Crise ». Pour gagner autant qu'avant, Catherine doit faire un marché de plus, et alors ?

Lorsqu'elle parle de notre époque, elle a l'œil qui se marre : « Les Français râlent tout le temps, moi je dis qu'on est trop bien en France. Qu'ils aillent voir ailleurs, dans les autres pays. C'est pas compliqué, les gens, ce qu'ils aiment c'est la qualité. Il ne faut pas se moquer d'eux, moi je n'ai pas changé mes prix depuis l'an 2000. Faut rester correct. »

Correct est bien le mot qui représente le mieux la famille Lagarrigue. Sa mère n'ayant droit qu'à cent quatre-vingt-dix-huit euros de retraite, Catherine partage tous ses revenus avec elle. « C'est moi, sa retraite ! » dit-elle en souriant.

Puis, elle se lève pour retourner au travail. Après quoi, la fantaisie n'étant pas que l'apanage des grandes villes, elle ira comme tous les jours prendre un verre dans le café de son voisin, le clown Piccolo.

Décidément, je comprends de plus en plus pourquoi j'ai choisi de vivre dans cette région, et finalement c'est plutôt dans une gazette parisienne que je devrais publier cet article. Ça mettrait peut-être un peu de baume au cœur des damnés du métropolitain…

2011

Marianne Faithfull
Gérard Bertrand
Jean-Marc Pezet
Marie-Sophie Lacarreau
Daffy
Claudie et Joël Fournier
Arlette Philippe

Marianne Faithfull

J'ai rencontré Marianne à Londres en juin 1966. Elle commençait à peine sa carrière de princesse de la ville. Nous nous sommes beaucoup vus cette année-là ; Londres, qui était le centre de la révolution pop de la planète, n'avait pas de secrets pour nous. Mais on se voyait surtout à Paris, et chaque fois les retrouvailles étaient une fête.

Elle m'avait emmené dans la campagne anglaise pour rencontrer ses parents. La nature était belle, et nous avions marché au milieu des herbes hautes dans une forêt d'arbres centenaires.

Grâce à sa famille, Marianne était plus cultivée que la plupart des membres des groupes en vogue. J'ai fait quelques photos d'elle, bien sûr, mais si l'on se voyait c'était surtout pour le plaisir.

Et puis un jour, elle a disparu et je l'ai retrouvée à la une d'un journal à scandale au bras de Mick Jagger.

Au départ, j'étais heureux pour elle, car je considérais ce dernier comme un type extraordinaire, la plus belle bête de scène de sa génération. Mais ayant passé beaucoup de temps avec eux, je savais que vivre aux côtés des Rolling Stones demandait une santé à toute épreuve et un moral des plus stables. J'avais déjà perdu quelques amis éblouis par l'insolence de ce groupe à la renommée planétaire et je savais que, hélas, ceux qui suivaient leur chemin n'avaient pas tous le même mental que Mick ou Keith. (Lire d'urgence *Life*, le livre de Keith Richards[1]. Ce n'est pas un livre sur le rock, c'est le Rock qui parle.)

Quelques années plus tard, Marianne alla rejoindre la cohorte des gens qui avaient voulu goûter au rythme infernal de l'époque ; et comme beaucoup elle était tombée dans le piège des expédients en tous genres. Elle toucha alors le fond, jusqu'à se retrouver à la rue. Mais baisser les bras n'étant pas son style, elle remonta la pente, réenregistra un disque et remit les pieds sur une scène au grand étonnement des gens dits du métier, qui se plaisaient à la considérer comme un souvenir de Carnaby Street. Depuis vingt-cinq ans, elle a repris la route et donne des concerts dans le monde entier, tout en sortant des albums touchés par la grâce de ceux qui reviennent de loin.

Nous nous sommes enfin retrouvés dans les années 2000, aussi étonnés l'un que l'autre d'être toujours en vie et intimidés comme des adolescents. C'était bien 1966, mais mon Dieu que c'est loin…

1. *Life*, Keith Richards, Points, 2011.

Gérard Bertrand

On peut toujours faire confiance à celui qui ajuste ses pas sur les pas de son père. Ce dernier faisait partie de ces vignerons de l'après-guerre qui croyaient en leur terre à une époque où les vins du Languedoc étaient regardés de haut par les pontes du Bordelais, lesquels ne sont pas des tendres.

Gérard a commencé par consacrer les premières années de sa vie au rugby jusqu'à en atteindre les plus hauts niveaux, d'abord à Narbonne puis à Paris. De cette passion il gardera le sens de l'équilibre, un certain amour du risque et l'habitude du travail en équipe.

Alors que la jeunesse des années soixante-dix s'adonnait aux excès en tous genres, lui menait l'existence quasi monacale des grands sportifs tout en s'initiant à l'art viticole. Parcours parfait qui pourrait m'exaspérer, moi qui n'ai jamais pu lever mon cul au-dessus de vingt centimètres et qui n'ai découvert le vin qu'à l'approche de la trentaine – et encore seulement pour le boire.

Tout vigneron digne de ce nom se doit d'être à la fois un artiste capable de ressentir autant que de rêver, un paysan tributaire de la nature sachant aimer la terre pour ce qu'elle donne et le ciel pour ce qu'il reprend, et un entrepreneur dont le discours rassure les banquiers, ces derniers étant, comme chacun sait, assez doués pour la valse. Ambitieux programme s'il en fut.

En 1987, avant que son père ne disparaisse, il commence à travailler avec celui-ci lui offrant ainsi le cadeau dont rêvent tous les hommes : avoir un fils qui croit en soi autant qu'à ce qu'on fait. En vingt ans, ce gaillard dont le sourire pourrait énerver certains acteurs va créer une société à son nom et racheter plusieurs domaines avec en tête l'envie d'inventer les meilleurs vins du sud de la France. C'est son but. Or les buts, ça le connaît depuis une paye, et moi qui aime avant tout les vins de cette région, je peux vous dire qu'il les a atteints depuis longtemps.

Passez donc un jour du côté du château de l'Hospital et vous verrez, dans les verres, ça chante avec des voix de stentor, c'est du vin d'homme. Et puis ça danse aussi, depuis qu'il a monté un festival pour les arts en général et l'art de vivre en particulier. Désormais, Gérard Bertrand parcourt le monde pour faire découvrir ses domaines à des Américains qui croient tout connaître et à des Chinois qui ne demandent qu'à apprendre. Je ne m'inquiète pas pour son avenir et, à mon avis, son banquier non plus.

Ah ! oui, j'ai oublié de vous dire qu'en plus sa femme, Ingrid, non contente de lui donner des enfants, a créé une gamme de produits du terroir, en quelque sorte le bouquet féminin de sa réussite. Décidément, ce couple est trop parfait.

Jean-Marc Pezet

Cette région me réserve bien des surprises. L'autre matin, voulant me débarrasser d'emballages encombrants, je pars à la recherche d'une décharge. J'avais de ce genre d'endroit un souvenir assez mitigé.

En effet, il y a vingt ans, j'habitais en Touraine et si vous aviez vu la déchetterie du coin, c'était carrément Tchernobyl. C'est donc avec appréhension que je me rends à l'endroit indiqué.

Et là, quelle stupéfaction ! Je tombe sur un lieu plus propre qu'une cour d'école. Comme vous le savez peut-être, je viens d'une famille de comédiens, j'ai donc passé toute mon enfance dans des théâtres. Aussi puis-je vous dire que l'on juge un théâtre à la qualité de ses coulisses. Or une déchetterie, c'est un peu les coulisses d'une ville, c'est un endroit qu'on connaît mal ou qu'on préfère ignorer.

Eh bien, celle de Villeneuve fait honneur à sa municipalité, je vous assure que vous avez là moins de risques de choper une vilenie nosocomiale que dans n'importe quel hôpital du pays.

À peine avais-je commencé à tenter de porter mes cartons en maudissant mon arthrose qu'un homme à l'allure affable sort du bureau en proposant de m'aider.

Surpris par cette amabilité inattendue, j'entreprends de le féliciter pour la salubrité des lieux, c'est alors qu'il me répond :

« J'aime que ça soit bien tenu ! »

Voilà l'homme.

Jean-Marc Pezet est un pur Aveyronnais.

De Villefranche-de-Rouergue, sa ville natale, il a conservé le sens du classique, sans pour autant sacrifier la modernité en comprenant très tôt que l'avenir appartient à ceux qui osent réinventer leur vie.

Victime comme beaucoup du passe-temps favori qu'est devenu le licenciement économique, il devient carrossier, poissonnier, puis après quelque temps chez Jeannot Lou Paysan, une sorte d'hypermarché de la fringue locale, il atterrit enfin à la déchetterie de Villeneuve. Hasard de l'existence, il trouve là une occupation en accord avec son goût de l'ordre et tant par son travail que par son sens du détail il fait de cet endroit un modèle du genre.

Avec lui, les usagers deviennent des clients s'ils se conduisent bien, voire des amis s'ils respectent les usages, mais gare à celui qui méprise la nature.

Arpentant sa petite usine comme un marin sur le pont d'un navire, il veille à ce que chaque chose soit à sa place, par souci d'écologie, bien sûr, mais aussi par simple politesse.

Ces temps-ci, ce genre de qualité frisant la carence, vous pouvez me croire sur parole, si on confiait à Jean-Marc Pezet la responsabilité d'une centrale nucléaire, Fessenheim tiendrait du parc d'attractions, car avec son sourire aussi franc que sa poigne, il est la preuve vivante qu'il n'y a pas de sot métier pour l'amoureux du travail bien fait.

Marie-Sophie Lacarrau

J'ai toujours aimé les programmes d'été.

La télévision, la radio, les médias en général mettent en avant des visages nouveaux, parfois moins arrogants, souvent moins prétentieux, en tout cas plus près de nous que ceux des « stars » du restant de l'année.

France 3 (hier FR3) étant une chaîne à vocation régionale, j'eus le plaisir d'y découvrir Marie-Sophie Lacarrau, une jolie personne dotée d'un sourire que l'on sent propice aux emballements et dont le ton est dénué d'arrogance. Normal, sa famille est de la région depuis trois générations. Sa mère avait suivi l'homme de sa vie du côté de Tarbes, mais lorsqu'elle fut enceinte, elle décida qu'elle ne pouvait accoucher ailleurs qu'à Villefranche-de-Rouergue, fidélité oblige.

Née ici, Marie-Sophie a donc repris le flambeau de l'attachement familial, et c'est dans cette ville qu'elle passa toutes ses vacances avec ses oncles, ses tantes, tous ces gens chaleureux qui lui firent cadeau des souvenirs de sa jeunesse. Je me disais bien en la regardant l'autre soir que nous étions en terrain connu.

C'est qu'elle a tout compris, Marie-Sophie. Pendant l'année, elle présente le journal de France 3 à Toulouse tout en vivant avec son mari et ses enfants dans les collines magnifiques du Lauragais. (Pourquoi en

France, lorsque quelqu'un vous vante la beauté d'un paysage, ajoute-t-il presque toujours « C'est comme la Toscane » ? J'y suis allé souvent, et à chaque fois, voyez-vous c'est curieux, je me suis dit « On dirait la campagne française. » Le lecteur aura la gentillesse d'excuser cette pointe d'énervement chauvin.)

Bref, elle vit en plein milieu de la nature et l'été elle s'offre une piqûre de rappel en allant présenter les infos dans le marigot parisien. À mon sens, c'est la réussite absolue et j'espère que la chaîne ne lui fera jamais le sale coup de lui proposer le poste du journal national, l'obligeant ainsi à aller vivre dans la capitale à longueur d'année. Mais quitter la douceur de vivre pour les trompettes de la renommée ne me semble pas être le genre de piège dans lequel Marie-Sophie Lacarrau est susceptible de tomber. Elle est bien trop aveyronnaise pour ça.

Daffy

Permettez-moi de vous présenter Daffy, une des personnes les plus importantes de ma vie. Moi qui eus le privilège de croiser un nombre enviable de femmes plus éblouissantes les unes que les autres, me voilà complètement accaparé par une petite femelle. C'est la première fois que je vis en compagnie d'une chienne et, je vous l'avoue, je suis au comble de l'étonnement.

D'abord, personne ne m'a jamais aimé comme ça, elle n'a d'yeux que pour ma pomme, nul autre n'existe.

En plus, elle, il ne lui viendrait pas à l'idée d'approcher le zappeur pour changer de chaîne, de même que jamais elle ne se permettrait de me demander « où tu vas ? », « d'où viens-tu ? » ou pire « à quoi tu penses ? », phrase que j'ai toujours considérée comme le point sur le *i* du mot FIN de toute histoire d'amour. Déjà que je ne pense pas souvent, si en plus on me met en demeure d'avouer mon vide intérieur, c'est le viol absolu.

Et puis soyons clair, arrivé à mon âge, le libertinage appartient au passé. D'abord les chances, je les ai déjà eues, les fiançailles à Venise, les mariages au Mexique... Je les ai faites, les pirouettes pour me rendre aimable, et je les ai déjà dits les mots de la séduction, les « jamais », les « toujours », et j'y croyais en plus...

Je ne vais quand même pas ressortir des déclarations déjà utilisées, ce serait vulgaire.

Bon d'accord, on ne cesse de me dire : « Un jour, une porte s'ouvrira et tu seras ébloui encore une fois par une apparition. » Très bien, peut-être, mais il faut que ça soit un camion, la mignonne, car sur ce plan j'ai été très gâté. Les femmes de ma vie ayant eu le tact de rester mes meilleures amies, elles sont comme des tiroirs à souvenirs. J'ouvre un tiroir et hop ! ça remonte.

Être vieux, c'est très désagréable et je suis poli, donc à l'approche du dernier péage il faut de la tenue. D'ailleurs, je dois vous faire un aveu, j'éprouve pour les amours cacochymes une gêne irrépressible.

Le sexe est fait pour les jeunes parce qu'ils sont beaux à voir. Et les crétins qui publient des bouquins du genre *La vie commence à 60 ans* sont des menteurs patentés qui méritent le cachot.

Les mômes risquent de croire que la vie est longue.

Or nous les « seniors » (mot épouvantable), nous savons que le temps passe plus vite qu'une envie de pisser, donc leur donner le spectacle d'une passion tardive c'est leur laisser penser qu'il y a de la marge. Alors qu'on le sait bien, nous autres, qu'à peine quelques petits bonheurs volés, le rideau tombe et c'est la fin du film.

Pour ma part, vivant des jours paisibles dans notre belle région, je chéris désormais le luxe de la solitude avec ma petite chienne. D'ailleurs, je ne vois pas qui pourrait se glisser sous mes draps, attendu qu'elle exige de dormir contre ma joue, tout contre, une vraie ligne Maginot.

Tiens, la voilà justement, j'arrête, car elle n'aime pas beaucoup que je parle d'elle. Chacun ses coquetteries…

Claudie et Joël Fournier

On peut aisément se passer d'aller chez le coiffeur, manger des pâtes pendant trois mois en cas de gêne financière ou remettre à plus tard un rendez-vous chez le dentiste, mais le jour où l'écran de son téléviseur reste noir, après avoir tout essayé, même de mordre le zappeur pour le faire réagir, soyons clair, sans électricien réparateur, on n'est rien d'autre qu'une pauvre chose devant l'Éternel.

En l'occurrence, mes sauveurs s'appellent Claudie et Joël Fournier.

Leur boutique trône rue de la République, et ce, depuis 1945, année où le patriarche de la famille, M. Roland Fournier vint s'installer à Villefranche-de-Rouergue, offrant ses services à une population alors avide de modernité. Ce précurseur fabriquait lui-même des postes de radio, objet encore béni par ceux qui avaient connu la guerre, et plus tard c'est également grâce à lui que les Villefranchois eurent droit aux premières joies de la télévision. En effet, en bon aventurier de son temps, il construisit à l'insu des autorités le premier émetteur permettant de recevoir l'unique chaîne en noir et blanc à l'occasion du sacre de la reine d'Angleterre.

C'est vous dire si son fils Joël sait de quoi il parle. S'il a gardé de son père un certain sens poétique du travail bien fait, la chance l'a associé à Claudie qui, elle, a le goût des affaires qui roulent. Donc, depuis bientôt quinze ans, si ma télévision est en bonne santé c'est grâce à eux deux. Pendant que Joël joue à l'équilibriste sur mon toit pour diriger une parabole en direction d'accortes antennes, Claudie s'escrime avec les employés des chaînes, lesquels comme chacun sait sont toujours prêts à embobiner leur monde à coups de « bouquets » mirifiques. C'est mal la connaître, car elle ne se laisse pas faire, quitte à les rendre un peu chèvres. Je me suis laissé dire qu'au siège de Canal + on s'en souvient encore.

Toujours est-il que désormais, grâce à la famille Fournier, je suis le roi des ondes numériques.

Ultime preuve de leur savoir-vivre, parce qu'ils s'inquiètent de voir approcher l'heure de la retraite, ils cherchent une solution pour que le magasin perdure, car voyez-vous, pour ces gens-là, laisser tomber la clientèle, ça ne se fait pas. Croyez-le ou non, il fut un temps où c'était ça « être moderne ».

Je crains, hélas, qu'ils soient les derniers du genre et que le monde qu'on nous prépare ressemble à nouveau au Moyen Âge…

Arlette Philippe

Mais où sont donc passés les bœufs marengo ou les blanquettes de veau que l'on trouvait naguère dans les bistrots de campagne ? Comment se fait-il qu'il y ait les meilleurs produits sur les marchés de l'Aveyron et que, hormis quelques rares exceptions, dans beaucoup de cuisines des restaurants d'aujourd'hui on se laisse davantage aller à la facilité des plats surgelés qu'à l'art du repas cuisiné à la française ?

C'est nanti de ces idées toutes faites que je me précipite dans la petite boutique qu'Arlette Philippe tient au milieu de Villeneuve. Elle y prépare des mets pour les gens qui n'ont plus le temps de passer des heures devant leurs fourneaux.

Et je comprends en écoutant parler Arlette, que c'est bien joli d'avoir des envies de Parisien pour les repas « d'avant », mais je ne connais rien aux coulisses de ce métier, elle si.

Avec Joël, son mari, elle a tenu le restaurant de l'Hôtel de l'Agriculture à Baraqueville, aussi se souvient-elle des journées commencées à sept heures du matin ne finissant que vers minuit, après le départ du dernier employé. Elle n'a pas oublié les semaines où elle tenait la maison sept jours sur sept, ni le carcan des horaires du personnel, ni les tracasseries de la législation, ni l'assommant poids des charges.

Mes exigences font sourire Arlette :

« Il faut du temps pour éplucher des pommes de terre, c'est pourquoi on ne peut pas trop en vouloir à ceux qui ont recours au coup de ciseaux dans un paquet de légumes pré-épluchés. Moi maintenant je suis seule, j'ai le temps. Mes employés, eux, étaient soumis aux trente-neuf heures et ça me crevait le cœur de refuser une table à des clients qui avaient réservé parce qu'ils arrivaient à vingt-trois heures. »

Il est peut-être là, le problème, le personnel fait trente-neuf heures alors que les clients tournent autour des quarante-cinq.

Alors, n'aimant pas l'inaction, elle a préféré ouvrir cette échoppe sans prétention qui a le mérite de servir des plats traditionnels faits par elle-même dans les règles de l'art avec des produits de la région.

En fait, ce qu'elle propose c'est de la cuisine classique, celle qu'on définissait à l'époque comme « une cuisine de femme ».

En ces temps de crise naissante où la France s'apprête à devenir le parc d'attractions de la planète, il y a des chances que l'on assiste à ce retour de l'artisanal, une sorte de repli vers le village, et c'est alors que des gens comme Arlette Philippe justifieront notre envie de ne surtout pas bouger d'ici.

2012

Jean Dujardin et Alexandra Lamy
Coline et Patrice Ponsolle
Gong Li
Albert Estival
Laurent Baffie
Joëlle Vedrune
Jacques Bonpunt

Jean Dujardin et Alexandra Lamy

Les raisons de se réjouir par ces temps préélectoraux étant rares, je vais monter dans le train médiatique au goût du jour pour fêter Jean Dujardin comme il se doit. Non seulement pour son ascension d'une gentille série télévisuelle au tapis rouge des Oscars, mais surtout pour l'originalité de sa vie privée, due avant tout à la qualité de sa compagne.

Après deux mariages et trois tentatives infructueuses pour faire rimer amour avec toujours, je ne peux que m'incliner devant les gens qui réussissent à préserver leur vie de couple, surtout en étant confrontés à un tel succès. En effet, ainsi que j'ai pu le constater, tant dans ma famille que chez mes nombreux amis artistes, rien n'est plus difficile que d'être un homme heureux en ménage lorsqu'on a le culot d'être une star. Surtout lorsque l'autre moitié est aussi de la partie. Même chez les couples d'acteurs les plus amoureux, j'ai souvent constaté une nervosité avouée ou retenue du succès de l'autre. Travers aussi inévitable que légitime chez des gens dont le métier consiste à dépendre du regard des autres. Aimer quelqu'un que le succès vous oblige à partager avec les foules est un exercice assez compliqué.

C'est là que les qualités d'abnégation d'Alexandra forcent le respect. La voir l'autre soir dans la salle des

Golden Globes, explosant de bonheur en filmant son mari recevant le prix du meilleur acteur, croyez-moi, c'est une scène des plus rares qui m'a rappelé l'attitude magnifique de Simone Signoret applaudissant Yves Montand au Metropolitan de New York dans les années quatre-vingt.

Comme je vivais là-bas, elle m'avait appelé pour me proposer de venir la chercher à son hôtel.

« Mets-toi devant l'ascenseur, je n'y vois plus très bien ! » m'avait-elle demandé.

J'obtempérai et lorsqu'elle apparut je la pris par le bras pour traverser le hall du Sofitel.

C'est alors que deux Français se retournèrent en la voyant passer.

Le plus mal élevé des deux se tournant vers l'autre lui demanda d'une voix un peu trop forte :

« Je la connais, celle-là, c'est qui ? »

Et sans leur jeter un regard, Simone, en passant devant eux leur asséna :

« C'est la femme du mec qui a baisé Marilyn ! »

Elle venait de leur balancer le drame de sa vie au visage, faisant cadeau à ces cuistres de la preuve ultime de son amour pour Montand. Deux heures plus tard, elle était dans la salle en train d'applaudir ce dernier.

Eh bien, en regardant Mme Dujardin l'autre jour à la cérémonie qui consacrait son homme, j'ai pensé à Simone. Sa joie sincère pour le triomphe de son mari était de la même nature.

Aussi je me demande si la plus belle victoire de Jean Dujardin n'est pas celle d'avoir su garder Alexandra Lamy.

*

On sait, hélas, que depuis…

Coline et Patrice Ponsolle

Je ne sais pas ce qui m'arrive ces temps-ci, après Jean Dujardin et Alexandra Lamy, voici Coline et Patrice Ponsolle, encore un couple qui fonctionne. Mon cœur balance donc entre admiration et irritation, attendu que, comme je ne vous l'ai jamais caché, j'ai tenté plusieurs fois l'exercice de la vie à deux sans vraiment y parvenir. Venant de Toulouse, Coline a laissé tomber une maîtrise en langues pour travailler au café du coin, préférant mettre sa formidable capacité à apprendre au service de ce qui lui plaît, à savoir un certain art de vivre.

Patrice vient du Gers, où il a passé son enfance, élevé par des grands-parents qui parlaient le patois.

Chez eux, on tue le cochon et devant ce spectacle, il « bade » comme on le dit là-bas, ce qui le conduit à devenir l'assistant d'un charcutier de campagne, puis aide-cuisinier dans un restaurant en Sologne.

Touché par son acharnement au travail, Patrice Pelat, un ami de François Mitterrand, le fait entrer à La Côte d'Or, chez Bernard Loiseau, une des meilleures maisons de France, connue pour être un peu l'annexe du conseil des ministres. L'avenir de Patrice est en marche.

De son côté, Coline ne chôme pas. Le hasard fait se rencontrer ces deux-là à Limogne, mais le hasard existe-t-il ?

Dans l'ancien local d'une banque, ils ouvrent ensemble Le Rince Cochon. Ils le font avec les moyens du bord, lui seul en cuisine, elle seule en salle, travaillant jusqu'à trois heures du matin, car si la carte tient ses promesses, une fois les clients partis, il reste la plonge et le ménage.

Le succès vient lentement mais sûrement, ici ce n'est pas la grande ville, il n'y a pas d'hommes d'affaires pressés, mais des gens qui ont le temps de regarder l'assiette, alors Patrice se concentre sur le produit et il le fait avec respect comme tout bon cuisinier.

Et lorsque les choses décollent, Coline tombe sur un local à louer à Cajarc. Il se trouve qu'elle apprécie les vignerons, ces paysans-poètes capables de rêver en acceptant les ordres du ciel tout en gérant une entreprise, aussi décide-t-elle d'ouvrir Nature et Bouchon, un estaminet dédié aux plaisirs du vin. Et ce, bien sûr, en plus de l'éducation de leurs enfants... pourquoi faire simple quand on peut faire compliqué ?

Si vous passez par Cajarc, prenez donc un verre chez elle, vous verrez, sa boutique lui ressemble.

Quant au Rince Cochon, à Limogne, je n'aurai qu'un mot : courez-y ! Je sais, c'est dans le Lot, mais même un Aveyronnais de fraîche date dans mon genre sait que le Quercy, le vrai, s'étend jusqu'à cette charmante petite ville. Donc là-bas, tout comme moi, vous vous sentirez chez vous.

*

Il semblerait que depuis cette journée d'automne, mes deux amis aient rejoint la cohorte des séparés. Coline distille ses conseils bachiques du côté de Cahors et Patrice a quitté Limogne pour ouvrir un restaurant à Cajarc.

Je me sens moins seul...

Gong Li

Voilà un bon moment que je n'ai pas croisé cette chère Gong Li.

Il y a quelques années, j'ai eu le privilège de la photographier. Le moment était toujours étrange puisqu'elle ne parlait ni le français ni l'anglais et que mes connaissances en chinois ont toujours été, comme chacun sait, assez restreintes. Elle arrivait dans mon studio, toujours entourée d'une cour d'au moins sept ou huit personnes arborant ce sourire accroché qu'ont parfois les Asiatiques lorsqu'ils désirent vous tenir gentiment à distance. Elle seule ne souriait jamais avant la fin de la séance, symbolisant par là son obsession du travail bien fait, obsession qu'elle partage avec plus d'un milliard trois cents millions de ses compatriotes, ce qui, vous l'admettrez, a de quoi influencer n'importe qui.

Reconnue comme une des plus belles femmes du monde, Mademoiselle Gong Li est avant tout l'ultime princesse de son pays. On n'imagine pas le pouvoir de cette jeune femme devenue en quelques années la plus grande star de cinéma de son temps. Aussi, je puis vous dire que moi qui ai fréquenté un nombre impressionnant de gens exceptionnels, lorsque Gong Li daignait m'accorder le regard que vous pouvez admirer sur cette photo, eh bien je ne faisais pas le fier, car du haut de son mètre quatre-vingt-dix, je vous assure que la dame en impose.

Mais parce qu'en cet instant elle était le modèle et que j'étais le photographe, elle se pliait à mes exigences en acceptant d'oublier l'habitude de donner des ordres que sa beauté et sa fonction lui confèrent depuis toujours. Pour nous aider à communiquer, il y avait une traductrice, aussi terrorisée qu'inutile, que nous n'écoutions ni l'un ni l'autre. Alors nous nous parlions par signes, je levais les bras, elle faisait de même, je tournais la tête, elle suivait le mouvement. Mon seul contact avec elle aura donc été cette espèce de danse sans musique qui nous unissait pendant une ou deux heures, une sorte de slow muet sans que nos corps se touchent.

À la fin de la séance, elle m'accordait un sourire et me tendait la main, ce qui dans son langage pourrait correspondre à l'explosion de joie du Stade de France après une victoire du PSG.

Ensuite, Mademoiselle Gong Li me faisait savoir par son aréopage qu'elle avait été heureuse de me revoir, puis elle quittait la pièce comme sur coussin d'air.

La qualité de ses silences valait bien toutes les phrases. J'ai dû travailler avec elle cinq ou six fois en dix ans. Elle n'a jamais prononcé mon nom.

Albert Estival

Les temps changent, les présidents aussi. Après les élections, la moitié de la France fait la gueule, l'autre sable le champagne et comme toujours dans les talk-shows, tout le monde a gagné ; ça devient lassant. Il y a quelques mois, en me promenant dans Paris, je suis frappé par ce slogan : « J'ai seize ans et je veux une retraite. » L'idée me semble étrange. Comment peut-on déjà penser à ses vieux jours en plein milieu de son adolescence ? Moi qui ne suis plus une pintade du jour, je ne me suis jamais vraiment penché sur la question. (J'aurais dû d'ailleurs, mais pas à cet âge-là.)

Je photographiai donc cette affiche en la gardant de côté, certain que je m'en servirais un jour.

C'est là qu'intervient Albert Estival, plus connu sous le nom de « Bébert le coiffeur ».

Albert est une figure de Capdenac-Gare. Il a travaillé toute sa vie, depuis son apprentissage, à l'âge de douze ans, jusqu'à il y a quelques années. Après avoir commencé par faire des stages à Saint-Céré, à Brive puis à Lacapelle-Marival, c'est enfin à Capdenac-Gare qu'en stage dans un salon de coiffure pour hommes il va rencontrer Paulette, une jeune femme qui travaille dans le salon d'à côté, celui réservé aux dames.

Il voudrait bien l'épouser, mais c'est la guerre et certains Français bienveillants à l'égard de l'occupant l'envoient aussi sec aux chantiers de jeunesse.

De longs mois passent, il lui faudra un peu d'imagination et beaucoup de chance pour obtenir une permission : c'est grâce à une appendicite chronique et à un médecin conciliant qu'il pourra enfin épouser Paulette. Plus tard, grâce à l'estime de clients fidèles qui les aideront à se financer, ils pourront prendre en gérance, lui, le salon pour hommes, et sa femme celui réservé aux dames. C'est là que naîtra la légende de « Bébert », le prince de la coiffure de la région grâce à ses deux boutiques situées sur le même trottoir et séparées par seulement quelques mètres.

C'est pourquoi j'ai voulu le faire poser, lui et ses soixante années de boulot, devant une affiche dont le message, certes empreint de bons sentiments, devient forcément ridicule si vous regardez Albert dans les yeux.

Que l'UMP me pardonne, je n'éprouve aucun intérêt pour les bisbilles gauche/droite, je vous prie donc de ne voir aucun message politique dans cette photo.

Mais voilà un homme veuf depuis bientôt dix ans, qui aura travaillé toute sa vie, et qui se retrouve à quatre-vingt-dix printemps dans une époque où des gamins se permettent de penser à la retraite au lieu d'essayer de réinventer le monde : je trouve l'image à la fois poétique et un peu terrifiante. Peut-être ne suis-je plus de mon temps, l'heure est sans doute venue pour moi d'adhérer au club d'Albert.

Laurent Baffie

Vous, je ne sais pas, mais personnellement je supporte de moins en moins les chroniqueurs qui font les malins sur les ondes à longueur d'année en dénigrant les artistes, les politiques et les gens en général. Dire du mal est devenu le passe-temps favori de ces pigistes de la raillerie systématique.

C'est pourquoi dans le marigot médiatique, un des rares humoristes à me toucher vraiment, c'est Laurent Baffie, car si vous regardez son travail de près, vous réaliserez que malgré le mal qu'il se donne pour être à la hauteur de sa réputation de « sniper », il a à mes yeux la qualité la plus rare : il est gentil. Mot terrible, à ne pas répéter dans les salons où il est de bon ton de ricaner en affichant un implacable cynisme menant souvent à la plus grande vulgarité.

En dépit des idées reçues dans les hautes sphères, j'ai toujours trouvé que la preuve la plus aiguë de l'intelligence était justement la gentillesse.

Contrairement à ceux qui ont copié son équilibrisme en flinguant les autres pour mieux parler d'eux-mêmes, Laurent Baffie ne se dévoile jamais. Est-il marié, a-t-il des enfants ? Personne ne sait. Il ne se répand pas.

Il est doté d'un cerveau qui tourne à une vitesse hors du commun, particulièrement quand il se retrouve dans une émission en direct, autrement dit dans la situation la plus propice au dérapage ; là il est certainement le plus rapide de tous.

Sa nonchalance cache une obsession du travail bien fait, par exemple les pièces de théâtre dont il est l'auteur sont drôles, originales et dénuées de prétention. Il les a écrites comme ça, sans fanfaronner.

Se payer le luxe d'avoir l'air d'un dilettante demande beaucoup de travail, de sérieux et une aptitude naturelle à l'élégance.

Ainsi que vous l'aurez compris, j'aime beaucoup ce type-là et pour plein de raisons, dont une en particulier : derrière son sourire franc, si vous regardez bien ses yeux, vous y lirez l'inquiétude de ceux qui ne sont dupes de rien et qui préfèrent en rire pour éviter d'en pleurer.

Joëlle Vedrune

En 1984, je vivais à Los Angeles lorsque je lus un article du *Times* dans lequel un dénommé Steve Jobs présentait son premier ordinateur Macintosh en déclarant la chose suivante : « Un jour, grâce à cette machine, vous pourrez travailler de chez vous. »

J'ai failli tomber à la renverse. « Travailler de chez vous ? » Ce n'était pas possible, j'avais l'impression qu'il ne s'adressait qu'à moi.

Je fonçai aussitôt dans un magasin, je me jetai littéralement sur cette machine et depuis ce jour-là j'ai pratiquement eu tous les modèles d'Apple.

(J'en avais tellement d'anciens modèles que je voulais en faire une structure compressée, un peu comme une sculpture de César. Hélas, l'incendie de ma maison ayant effectué un sérieux ménage, j'ai dû ranger l'idée dans la section « souvenirs ».)

Et force est de constater que le dénommé Jobs disait vrai, ses « Macs » ont changé ma vie ainsi qu'accessoirement celle des trois quarts de la planète.

Ceci pour vous dire que, bien que passionné d'informatique, grâce à ma vie dans l'Aveyron, je redécouvris tout à coup la joie des visites de ma postière.

Car c'est très gentil de pouvoir raconter sa vie à deux millions d'étrangers sur Facebook, il n'empêche que rien ne remplacera jamais la gentillesse de Joëlle

Vedrune lorsqu'elle arrive le matin dans sa petite voiture jaune.

Elle me tend mon courrier, composé parfois de bonnes nouvelles et souvent, hélas, de mauvaises, il n'empêche que sa présence est des plus réconfortantes.

Mariée, ayant deux grands enfants, elle travaille six jours sur sept et son office n'est pas une sinécure : son emploi du temps est bien rempli, car de même que pour ses collègues, son activité commence avant et se termine après la distribution, le contact avec les gens étant la phase la plus agréable du métier.

La conversation d'une postière est pour certains le seul échange de la journée et, malgré l'interdit, il lui arrive de rendre des petits services et même parfois des grands. Une certaine dame que Joëlle a fait hospitaliser serait à coup sûr morte sans son intervention.

« Un jour le progrès nous tuera ! » dit-elle, un peu triste.

Effectivement, sachez que la quantité de courrier envoyée en France baisse tous les ans, je remercie le ciel qu'on ne puisse pas envoyer de colis à travers les fils d'Internet. Car vous verrez qu'un jour, lorsque le monde ne sera plus qu'un magma de liaisons virtuelles et de messages téléportés, on le regrettera, le sourire de Joëlle.

Jacques Bonpunt

Je vous l'avoue, il m'arrive de regretter le Paris de ma jeunesse.

Du temps où l'incivilité n'avait pas encore envahi les rues, où la peur de « l'autre » ne se lisait pas dans les regards, où les discussions se faisaient bruyantes au bistrot au lieu d'être confessées sur Twitter, ce monstre tentaculaire censé vous offrir des milliers d'amis, alors que si on arrive à s'en faire cinq dans une vie c'est déjà beaucoup.

Aujourd'hui, dans le métro on ne voit plus que des nuques penchées sur l'écran d'un smartphone, courbées un peu comme à la messe, mais sans bon Dieu, ni encens ni musique.

Au bout de dix ans d'Amérique, j'avais quitté les New-Yorkais à cause de leur obsession de la réussite sociale, aussi quelle ne fut ma surprise en revenant à Paris de ressentir une atmosphère étrange, comme une envie de surpasser l'autre : force m'était de constater que la plupart des gens étaient gagnés par cette même maladie.

C'est pourquoi je vous présente Jacques Bonpunt, un des derniers Parisiens à me rappeler ce temps où l'Hôtel du Nord n'était pas un musée. Il tient une petite échoppe au 42, rue de Grenelle, rue que l'on devrait d'urgence rebaptiser « la rue de la Pompe » attendu qu'on n'y trouve plus que des magasins de chaussures de luxe.

L'homme est une des dernières figures du quartier, son atelier semble figé dans les années cinquante, au temps où il gagnait sa vie en lavant les verres pour trente centimes de l'heure au Club Saint-Germain, le centre du monde du jazz de l'époque.

Après avoir suivi des études d'arithmétique dans le but de devenir serrurier, il va diriger une grande usine et c'est par choix qu'il abandonnera une situation enviable pour reprendre ce petit magasin appartenant à son père.

Il jure que jamais il ne se retirera : « La retraite, ce n'est pas fait pour ceux qui ont un métier, c'est-à-dire une passion, c'est fait pour ceux qui ont un emploi. »

Un membre de sa famille, Bertrand Bonpunt, vivait à Rodez. Il était percepteur et peintre par passion.

Sa situation particulière lui permettant d'entrer partout, il en avait profité pour peindre tous les châteaux de l'Aveyron. C'est pourquoi je trouve que les Bonpunt sont un joli lien entre Paris et notre région.

Un percepteur poète…

Vous voyez, tous les espoirs sont permis.

2013

Stéphane Delajoux
Lucie Valentin
Alain Pradel
Amélie Nothomb
Nathalie, René et Aldo Bothelo
Régis Pagniez

Stéphane Delajoux

La première fois que j'ai entendu parler de Stéphane Delajoux, son nom ne me disait pas grand-chose. Chirurgien dont le premier défaut était d'avoir un physique incompatible avec l'idée que le commun se fait du grand patron omniscient, il avait eu la mauvaise idée de s'atteler à la réparation d'une colonne vertébrale trop fameuse, à savoir celle de Johnny Hallyday.

Opération courante pour la plupart des gens, mais en l'occurrence forcément difficile, Jojo n'étant pas du genre à rester longtemps à l'horizontale.

Les complications dues en partie à un voyage intempestif vers Los Angeles avaient engendré une panique nationale.

Les médias le voyant déjà mort préparaient en douce la nécrologie du grand blond, tablant sur des ventes record, tandis que son producteur s'empressait de comparer le chirurgien à un charcutier à seule fin de calmer le prévisible courroux des assureurs.

Delajoux, cible idéale, s'était vite retrouvé pointé du doigt par la meute panurgique des journalistes, les mauvaises nouvelles étant, comme chacun sait, le seul espoir de salut pour la presse chancelante. Du jour au lendemain, Stéphane était jugé coupable avant même d'avoir pu dire un mot et comme j'étais avant tout l'ami de Johnny, je l'avais pris en grippe sans me poser de questions.

Aussi, lorsque ma meilleure amie, Julie Andrieu, m'annonça son attachement à celui que d'aucuns considéraient désormais comme l'ennemi numéro un, mon inquiétude n'eut d'égale que la tendresse que je lui porte. Et me joignant tant à sa famille qu'à son entourage, j'entrepris d'essayer de la décourager de se lancer dans une histoire périlleuse, une aventure qui risquait de la décevoir, bref je faisais comme tout le monde, je parlais sans savoir. Heureusement, Julie n'écouta personne, et elle défendit sa passion pour Stéphane envers et contre tous.

Ce dernier, lavé depuis de tout soupçon par la justice française, épousa Julie il y a deux étés, et voilà maintenant la raison pour laquelle j'ai tenu à vous narrer la chose.

Je m'étais donc, comme beaucoup, trompé sur le personnage : moi qui me targue d'un discernement sans égal, je n'y avais rien compris.

Prévenant sans affectation, ne se plaignant jamais malgré l'adversité, Stéphane est tout simplement un type formidable. Il m'en donna une preuve de plus lors de son mariage. Connaissant la nature des sentiments qui nous unit, Julie et moi, il aurait pu ressentir ne serait-ce qu'un peu d'énervement à mon égard, comme celui que pourrait lui inspirer un encombrant fantôme du passé, et pourtant, il me fit un cadeau d'une rare générosité : c'est lui qui me proposa d'être le témoin de sa femme. Je ne sais pas ce que vous en pensez, moi je trouve ça des plus poétique et je lui saurai toujours gré de ce geste-là.

Julie et Stéphane forment aujourd'hui un couple idéal. Ils ont donné récemment naissance à un merveilleux petit Hadrien (avec un H en référence à l'œuvre de Marguerite Yourcenar. Prouvant ainsi qu'on peut parler cuisine et avoir des lettres).

Quant à Johnny, Dieu merci, il va falloir vous y faire, il semblerait qu'il soit immortel.

Et moi, je me réjouis d'avoir un nouvel ami.

Lucie Valentin

Voilà le premier visage dont Villefranche-de-Rouergue me fit cadeau lorsque je découvris la ville. C'était celui de Lucie Valentin m'apportant un café à la terrasse de l'Hôtel de l'Univers où je venais de passer la nuit.

Elle était espagnole de souche et j'étais parisien, nous avions donc en commun l'envie d'être aveyronnais.

Il faisait beau et je tombai aussitôt sous le charme de ce sourire synonyme de l'authenticité des lieux.

Je vous parle d'un temps où cette belle cité bruissait de la conversation des gens d'ici, où les magasins fleurissaient dans des ruelles accueillantes, lesquelles n'inspiraient pas encore la peur une fois la nuit venue, un lieu dont le passé n'était pas galvaudé par une urbanisation désolante. Mais que s'est-il donc passé pour que cette ville jadis si représentative de la belle France profonde retrouve ses rues parsemées de panneaux « À LOUER » ou « À VENDRE », l'âme de son centre vidée par l'envahissement extérieur d'une zone industrielle aux couleurs criardes ne respectant ni l'architecture ni la nature qui l'entoure ?

Et quelle étrange idée de planter une fontaine multicolore au milieu de la place de la bastide ? Le moins que l'on puisse dire c'est que celui qui eut le trait de génie d'en commencer les travaux en juin ne brille pas par son sens du timing commercial. Cette somptueuse cathédrale avait-elle vraiment besoin d'un ersatz de Las Vegas sur l'emplacement naturel de son marché ? Croit-on vraiment que des jets d'eau redonneront de la vie à cette cité le dimanche ? Bref, je n'entends pas donner de leçons, je m'étonne, c'est tout, et je me le permets parce que si je suis aujourd'hui villefranchois, ce n'est que par envie.

Je remercie donc Mme Bourdy, la propriétaire de l'Hôtel de l'Univers, de ne pas s'être contentée, comme certains, d'une restauration à base de sacs en plastique de chez Metro coupés par les ciseaux paresseux d'un gâte-sauce et d'avoir su redorer le blason de son établissement en confiant sa cuisine à son petit-fils, Quentin Bourdy, un jeune chef empreint de l'amour de son métier qui travaille autant avec les mains qu'avec l'imagination. Ce bâtiment au bord de l'eau avait déjà un certain cachet, mais en plus désormais la table vaut vraiment le détour.

Ils ont toute mon estime, ces audacieux entrepreneurs qui croient envers et contre tout à l'avenir de leur pays. Dieu merci, ils sont quelques-uns en ville et je me permettrai de vous en parler.

Néanmoins, il serait opportun de ne pas anéantir leurs efforts en laissant l'urbanisme aux mains de décideurs pétris de modernité et d'architectes philistins. Car si les gens en charge de concevoir le futur de Villefranche continuent à en piétiner la substance, je crains que cette ville ne ressemble bientôt aux quartiers nord de Marseille, mais sans la mer.

Alain Pradel

Pourtant, les inconnus qui viennent chez moi sans prévenir, Dieu sait si ça ne m'emballe pas. Mais celui qui arrive dans mon allée a l'air avenant, il s'appelle Alain Pradel. Après être descendu de sa camionnette, il en ouvre la porte arrière, comme s'il était pressé de montrer qu'il n'est pas là pour demander, mais pour proposer.

Il est de la région, ça se voit.

Agriculteur depuis toujours comme ses parents avant lui, les fameuses normes européennes eurent bientôt raison de sa patience et, comme souvent, ses enfants ne voulant pas prendre la suite, il a dû mettre fin à cette vie qu'il aimait malgré ses multiples contraintes. La France change et je crains que ce ne soit pas pour le mieux.

Ils sont beaucoup comme lui à ne plus pouvoir s'adonner au métier de la terre, lequel s'apparente plus à un apostolat qu'à une « carrière ».

Employé pendant trois ans dans une boulangerie de Villeneuve, des problèmes de santé l'obligent à repartir de zéro. « Auto-entrepreneur », voilà un mot qui requiert une certaine dose de courage en ces temps hasardeux où les leaders « d'en haut » n'inspirent guère confiance. Alain Pradel s'est donc acheté une camionnette et depuis un an il sillonne les routes de la région pour vendre des produits utiles à ceux qui aimaient aller en ville du temps où celle-ci n'était pas tuée par de vilaines zones industrielles.

Et tandis qu'il me montre ses marchandises, je me souviens d'un autre homme qui dans les années trente avait suivi le même chemin. C'était le père de Daniel Filipacchi, l'homme qui révolutionnerait plus tard la presse française.

Henri Filipacchi, un Turc émigré par la force des événements, avait atterri à Paris à l'âge de trente ans, cette capitale des arts où il ne connaissait personne. Finalement employé d'une maison d'édition, il réalisa un jour que les Français lisaient beaucoup moins pendant les vacances. Alors, se dit-il, « puisqu'en été les gens ne vont pas vers les livres, ce sont les livres qui iront à eux ». Et il inventa le « bibliobus », une camionnette comme celle de Pradel, allant de plage en plage pour donner aux vacanciers alanguis une soudaine envie de littérature.

Le succès immédiat de cette initiative attira vite l'attention de la profession. L'homme était exceptionnel : aussitôt engagé par la maison Hachette, il allait bientôt inventer le livre de poche, mettant ainsi les belles-lettres à la portée des gens en manque de moyens.

Eh bien, je souhaite le même succès à Alain Pradel, car en allant vers les gens éparpillés dans les campagnes, il recrée ces liens que l'on tissait lorsqu'on allait au village, certes pour acheter l'utile, mais aussi et surtout pour le plaisir de la conversation. C'est du reste en devisant que l'on se mit à parler de Johnny Hallyday. J'étais en confiance : un type qui aime Jojo ne peut pas être mauvais.

Amélie Nothomb

Je sais bien qu'il est d'usage de dénigrer les auteurs à succès, néanmoins laissez-moi vous dire que cet écrivain-là est une bien belle personne. D'abord, j'aime ses livres et l'entendre en parler est un enchantement.

Lorsqu'elle arrive le matin dans mon studio de photo, c'est sans aucun maquillage ni artifice pour pallier la lassitude qu'engendre la promotion d'une rentrée littéraire. Voilà bientôt trois semaines qu'elle répond jour et nuit à des journalistes qui, tous médias confondus, lui posent à peu près toujours les mêmes questions. D'accord, ce n'est pas l'usine, mais l'exercice demande une certaine souplesse.

Lorsqu'elle m'aperçoit, elle s'écrie :

« Pardon, mais il va falloir tout votre talent pour arranger la pauvre chose que je suis ce matin. »

Et d'ajouter :

« Cher Jean-Marie, quel plaisir de vous revoir ! »

Déclaration d'autant plus élégante de sa part que notre dernière séance date d'il y a bientôt quinze ans.

C'est que la demoiselle est belge et ces gens-là sont particulièrement bien élevés. Si la platitude de leurs paysages n'égale pas la beauté de nos campagnes, ils n'ont pas cette propension au ronchonnement typique de l'esprit français, lequel à dose homéopathique présente une amusante façon d'envisager la vie, mais, à la longue, peut finir par lasser.

En ce qui me concerne, j'ai été assez bluffé par le sang-froid qu'il fallut aux Belges pour faire « tourner la machine » dans un pays sans gouvernement pendant plusieurs mois, prouvant accessoirement qu'on peut très bien vivre avec un peu moins de politique, voire sans.

Il n'est pas étonnant que les médias considèrent Amélie comme « une bonne cliente », car elle est douée d'un sens aigu de la repartie. Sa popularité ne la dérange pas, elle semble s'en accommoder sans affectation, contrairement à certains qui se plaignent à longueur d'année d'être gênés par les feux de la célébrité. Attitude qui m'a toujours amusé quand on assiste à leur volte-face le jour où on ne les reconnaît plus dans la rue. Tout à coup, les voilà qui tendent désespérément la tête pour tenter d'être dans la photo.

Et puis cette formidable relation qu'elle a su créer avec ses lecteurs est d'une rare qualité. Je connais peu d'écrivains au nombre si impressionnant de romans déjà écrits qui, comme elle, trouvent le temps de répondre à toutes les lettres qu'ils reçoivent.

Bref, vous m'avez compris, j'aime beaucoup Amélie Nothomb et c'est vrai, je vous l'avoue, si je n'étais pas un amoureux de la France, j'aurais peut-être choisi Bruxelles pour mes derniers cent mètres. Pas tellement pour sa souplesse fiscale, mais pour l'humour des Belges et leur absence de prétention : ils ont l'esprit joyeux et ils adorent faire la fête. Je crains que nous n'ayons quelques leçons à prendre…

Nathalie, René et Aldo Bothelo

Le Café des Arcades est le centre névralgique du village de Villeneuve. C'est là que tout le monde se retrouve, là où je vais le matin chercher mon journal, soi-disant pour être au courant des nouvelles (alors que je sais déjà tout par la radio).

Il m'arrive de lire dans les yeux des habitués un soupçon de reproche parce que je ne serre pas systématiquement toutes les mains tendues : j'espère éveiller leur indulgence en leur avouant ici la méchante arthrose qui ne cesse de me rappeler mon âge.

Nathalie, René et Aldo, voilà des courageux. Car il n'était pas simple de reprendre le fief d'Évelyne Cazes, l'ancienne patronne des lieux. Mais Pierre, le mari de cette dernière, avait compris qu'on ne remplacerait pas aisément « la Reine » de Villeneuve, c'est pourquoi il avait décidé de ne céder l'établissement qu'à des gens de la région. Les Bothelo venant de Figeac pour Nathalie et de Montauban pour René et Aldo, l'affaire était faite.

Efficacité, gentillesse et travail intense, voilà leur credo. Entre la terrasse de l'Arcade, le restaurant et la charcuterie des Mille et Une Saveurs, cette famille a fort à faire et il faut bien reconnaître qu'avec la fleuriste ils sont bien les seuls à donner vie à cette jolie place.

À propos de place, à Villefranche-de-Rouergue j'ai vu le résultat des travaux de la bastide et je dois vous avouer que même si je ne bous pas d'impatience à l'idée d'être ébloui par « la fontaine aux mille couleurs », force est de constater que grâce à la qualité de ses pavés l'endroit a retrouvé sa beauté et l'authenticité indispensables à la réputation de cette ville. Je me devais de faire amende honorable, car dans un précédent article (voir p. 383), j'avais laissé libre cours à mon parti pris, lequel était exacerbé par l'idée d'une telle dépense en temps de crise et du choix de la date des travaux. Devant le résultat, je m'efface.

Voilà pour la politesse. Maintenant, vivement le prochain marché du jeudi que je retrouve mes marques, car j'ai presque été obligé de me mettre au régime, ma boussole intérieure étant hors d'usage à cause de ces chamboulements. Que voulez-vous, passé soixante-dix piges, on s'attache à ses habitudes et on pense qu'on a tous les droits ; surtout quand on a, comme votre serviteur, fait ses vingt-huit mois d'armée pendant la guerre d'Algérie et qu'on se découvre sur le tard des prétentions d'ancien combattant. (Rassurez-vous, j'étais au service cinéma. Mais enfin, quand même…)

Régis Pagniez

Ils sont rares mes amis de bientôt soixante ans. Depuis la disparition de Jean Demachy, il ne m'en reste que deux, Daniel Filipacchi et Régis Pagniez. Vous ne connaissez pas le nom de ce dernier et pourtant il a façonné le visuel de la plupart des magazines que vous feuilletez depuis l'après-guerre, et ce, jusqu'à l'an 2000.

Au début des années cinquante, il travaille à la maquette de *Paris Match* et de *Marie Claire*. En 1962, il crée la mise en page on ne peut plus moderne pour l'époque de *Salut les copains*, *Mademoiselle Âge tendre* et *Lui*. Ensuite, Régis sera le directeur artistique de *Elle* en France et aux États-Unis.

Six journaux qui marqueront fortement soixante années de la presse de notre pays, c'est beaucoup pour un seul homme.

Régis était au groupe Filipacchi ce que l'ail est à la cuisine, sans lui rien n'aurait eu de goût.

Quiconque le rencontre ne peut s'empêcher de s'y attacher. C'est une sorte d'anarchiste aristocrate qui pousse la coquetterie jusqu'à surtout n'avoir l'air de rien. Il cache une sensibilité à fleur de peau derrière un paravent de phrases négatives à la limite d'un cynisme trop énorme pour être sincère.

Je le rencontrai en 1956 et, à mon retour d'Algérie en 1962, j'ai eu la chance formidable de vivre avec lui et sa famille certainement les douze plus belles années de ma vie.

En effet, nous partagions à Paris des ateliers mitoyens séparés par une porte, lui, sa femme, Jamie, et ses deux filles d'un côté et moi avec ma vie de célibataire insouciant de l'autre.

Cet arrangement tenait du mariage idéal : chez Régis on entendait des rires d'enfants et chez moi c'était la fête continuelle, il y avait de la musique tout le temps.

Et fort, trop fort sûrement.

Sauf pour Anne et Fanny, les deux fillettes de Régis que ce vacarme amusait. Avec les Pagniez, nous vivions un peu en communauté, bien avant que les hippies y pensent, mais sans les chemises à fleurs et les chèvres.

Dans les années soixante, soixante-dix, notre appartement voyait passer du beau monde. Anne et Fanny prenaient leur petit déjeuner avec Françoise Hardy, rigolaient aux blagues de Dutronc ou Johnny et venaient en douce danser le soir pendant que les « copains » musiciens du monde entier se plaisaient à s'éclater la tronche au son des Rolling Stones ou de James Brown. Était-ce un bon exemple ? Sans doute, car aujourd'hui, je vous rassure, elles vont très bien.

Si je vous parle maintenant de Régis Pagniez, c'est parce que je lui ai dédié ma dernière exposition au Bazacle de Toulouse et que beaucoup de visiteurs me demandaient de qui il s'agissait.

Aujourd'hui, il est toujours mon ami proche et comme il vient me voir de temps en temps dans l'Aveyron, si vous me croisez un jour au marché en compagnie d'un homme aux cheveux blancs et aux chaussures raffinées, vous saurez désormais qu'il s'agit de lui, Régis Pagniez.

2014

Réjane
Jean-Claude Luche
Robert Hirsch
Père Bertrand Cherrier
Chuck Berry, Mick Jagger, John Lennon

Réjane

Ma famille est tellement variée que j'ai oublié de vous en présenter un des membres, et non des moindres.

Au début du siècle dernier, mon arrière-grand-mère était, avec Sarah Bernhardt, la plus grande comédienne de son temps.

Elle s'appelait Réjane. À une époque où, sur la scène, les acteurs déclamaient de manière emphatique les grands classiques de la tragédie, Réjane, née du côté de la porte Saint-Martin, ne renia jamais ses origines, apportant au théâtre populaire ses lettres de noblesse en gardant cet accent faubourien qui deviendrait son style.

Son père, un ancien comédien, dirigeait le Théâtre de l'Ambigu, pendant que sa femme, Alphonsine, s'occupait de la caisse. C'est ainsi que petite fille, elle découvrit sa vocation en passant sa jeunesse dans les coulisses à imiter les acteurs à l'heure où les enfants s'endorment.

En 1872, elle a quinze ans, et elle entre naturellement au conservatoire d'art dramatique de Paris. En fin d'année, elle obtient le second prix d'interprétation et c'est à partir de là que la petite Gabrielle Reju devient la grande Réjane.

Lorsqu'il la rencontre, Paul Porel est le directeur du Théâtre du Vaudeville – certainement l'établissement le plus prestigieux de Paris –, c'est donc un homme puissant qui s'éprend de cette femme aussi belle qu'insolente. Il a quinze ans de plus qu'elle et il va lui vouer sa vie. Ils deviendront bientôt un couple très en vue des soirées parisiennes.

À partir de là, Réjane va enchaîner les pièces. De *Georgette Lemeunier* à *Zaza*, en passant par *Une maison de poupée,* d'Ibsen, elle interprétera enfin son plus grand succès, *Madame Sans-Gêne,* la pièce de Victorien Sardou. (Aucun lien avec Michel, celui qui épousera ma sœur, Anne-Marie, si ce n'est le talent.) Ce rôle d'une femme du peuple est très nouveau dans l'univers du théâtre, et le fait qu'une pièce soit centrée sur un personnage de ce genre a pour effet de déclencher la fureur des conservateurs de l'époque, lesquels iront jusqu'à interpeller la Chambre. Prouvant ainsi que les hommes politiques n'étaient guère plus sérieux qu'aujourd'hui.

Réjane va désormais jouer sur les scènes du monde entier.

Il est étrange de penser qu'au début du XXe siècle, alors qu'il n'y avait ni téléphone, ni Internet, où qu'elle aille, outre-Atlantique, en Russie, en Grèce ou en Italie, partout elle faisait salle comble.

Au moment de l'affaire Dreyfus, Réjane et Paul Porel entraîneront la moitié de Paris à leur suite dans la défense du malheureux capitaine. C'est ainsi que Marcel Proust deviendra l'ami de la grande comédienne ; du reste, il habitera chez elle dans les heures difficiles.

En ce temps-là, les défilés des grands couturiers n'existaient pas. C'est en choisissant les robes pour incarner leurs rôles que les actrices lançaient les modes.

Réjane avait pour habitude d'aller faire ses courses dans son petit cab, une élégante voiture à deux places tirée par les deux mules que lui avait offertes le roi du Portugal.

Cette voiture était désormais très connue sur la terre battue des Champs-Élysées car Réjane faisait mettre sous le harnais de ses deux mules des bouquets de violettes à la hauteur de l'oreille. Aussi, lorsque, passant devant le palais de l'Élysée, elle croisait la voiture du président Émile Loubet, celui-ci ne manquait jamais de lever son chapeau pour la saluer au passage. Il arrivait qu'elle ne fût même pas dedans, c'est donc amusant de penser que le président saluait parfois des mules.

Après un divorce d'avec son mentor et un dernier amour pour un jeune Italien, Réjane ne cessera de parcourir le monde en soulevant l'enthousiasme des foules comme Sarah Bernhardt, Coquelin aîné ou Caruso, elle restera un de ces monstres sacrés que l'on visite tel un grand monument.

Puis elle ira finir sa vie entre Venise et Paris afin de faire cadeau de ses derniers sourires à l'enfant de son fils, sa petite-fille, ma mère, Jacqueline Porel.

Et puis un jour viendra la fin, qui verra Marcel Proust se pencher une dernière fois sur le corps de Réjane.

Ainsi, le premier des écrivains du XXe siècle dira adieu à la dernière des comédiennes du XIXe.

Je réalise une fois de plus en écrivant cette chronique combien il est agréable d'avoir la chance d'être fier de sa famille.

Jean-Claude Luche

On ne peut pas s'intéresser sérieusement aux Aveyronnais sans rencontrer ceux qui les dirigent. Il est de bon ton dans la faune médiatique de s'adonner à l'admonestation forcenée des politiques du pays. Aussi permettez-moi de ne pas suivre cet exemple.

C'est donc avec plaisir et sans a priori que je me penche aujourd'hui sur le cas de Jean-Claude Luche, le président du conseil général du département.

Né à Pierrefiche, un petit village de l'Aveyron, son parcours de la ferme familiale à sa situation actuelle est édifiant. Après avoir commencé en travaillant au Crédit agricole, il a vite pris goût à la vie publique en devenant maire de son village puis de Saint-Geniez-d'Olt, la ville voisine. Sa façon de faire de la politique n'a pas grand-chose à voir avec celle des joueurs d'échecs des salons de la capitale, sa proximité avec la population n'est pas feinte et s'il aime les gens de son pays, ces derniers le lui rendent bien. Je ne serais pas étonné que cet Aveyronnais pur sucre soit la fierté des gens d'ici, car sa réussite s'apparente un peu à celle d'un curé de campagne qui deviendrait pape.

Mais il n'est pas arrivé là par hasard. Il faut le voir évoluer dans les rues des villes, saluant les passants en les appelant tous par leur prénom. Quand j'imagine sa vie au quotidien, je ne suis pas certain de l'envier. Être responsable des finances d'un département signifie qu'il ne croise que des gens qui réclament, qui se plaignent ou qui râlent, et je crains que ceux qui remercient soient moins nombreux.

Déjà le rôle de maire d'une petite ville n'est pas une sinécure. Il faut sans cesse décider, calmer, trancher, recruter, ne pas trop promettre tout en tenant ses promesses, ça sent l'emploi du temps chargé, alors vous imaginez gérer tous les maires d'un département ? En quelque sorte, ça revient à être un peu la mère des maires.

Son sourire ressemble à son terroir. Il a l'aisance des gens du Midi mais sans la vénalité chère à certains roublards de la Côte d'Azur. Je ne retrouve pas dans son discours les tics exaspérants des chantres de la langue de plomb qui toutes les trois phrases nous réclament l'indispensable « Rassemblement » devant le déclin « sans précédent » de la France, « cinquième puissance mondiale », tous ces mots vidés de leur sens par l'hégémonie des inévitables « éléments de langage » qu'on injecte par intraveineuse à l'homme politique de base.

Tout en l'observant serrer des mains alentour, je me demande finalement si la force de Jean-Claude Luche ne viendrait pas d'avoir une tête d'unité nationale.

Il m'a d'abord présenté son frère, lequel a repris la ferme familiale, puis sa belle-sœur qui tient l'épicerie du village après avoir participé à la traite du matin, enfin il n'a pu s'empêcher de me faire rencontrer sa meute, autrement dit sa passion. Autant sur sa vie personnelle il aurait tendance à faire court, autant il est infatigable sur ses chiens. Là, bien sûr, je suis en terrain conquis, même si les exploits de ses bêtes au cours d'une partie de chasse ridiculiseraient ma chienne, laquelle prend la fuite devant la moindre taupe.

Soudain, je comprends mieux comment il fait face à toutes ses responsabilités, il lui suffit de venir dans son chenil et de s'y asseoir tout en desserrant sa cravate, le regard d'un chien étant, comme chacun sait, la plus belle des récompenses.

Robert Hirsch

J'ai assisté l'autre soir à la belle leçon de vie que Robert Hirsch nous donnait au Théâtre Hébertot[1]. Voir cet homme de quatre-vingt-un ans capable de ne pas quitter la scène pendant une heure quarante, autrement dit d'avoir la maîtrise de son corps, une énergie et une mémoire à ce point intactes, c'est proprement époustouflant. De plus, comble de l'ironie, le merveilleux cadeau que lui a fait l'auteur Florian Zeller est un texte sur la maladie d'Alzheimer. Je savais Robert Hirsch flamboyant, mais oser émouvoir et faire rire avec la perte de mémoire, à savoir la hantise de tout comédien, est un des plus beaux pieds de nez au destin qu'on puisse imaginer.

Sa performance est tellement extraordinaire que lorsque le rideau tombe et se relève entre les différents tableaux de la pièce, la salle n'ose pas applaudir de peur de briser l'émotion.

C'est la première fois que je vois un public attendre la toute fin d'une pièce pour laisser éclater son admiration. L'ovation pourrait durer indéfiniment, mais se sentant coupable de le laisser saluer trop longtemps, le public s'inflige la frustration de le laisser partir.

Une fois de plus, je revoyais mon père, son trac, ses exigences et ses rêves. Ils se connaissaient bien

---

1. Dans *Le Père*, de Florian Zeller.

du reste, et j'ai le souvenir des dîners au restaurant de La Cloche d'Or quand mon père m'emmenait pour retrouver Robert avec d'autres comédiens après la représentation du soir. Ils se racontaient leurs souvenirs, et moi qui le matin retournais en classe, je comprenais mieux pourquoi on disait d'eux qu'ils « jouaient ».

Mon père était connu pour être le roi des blagues sur un tournage. Robert se souvient encore de son voyage à Tahiti pour *La Bigorne*[2], un de ces films sans prétention que mon père acceptait pour faire vivre sa famille. Avec Jean Carmet, Robert Hirsch et François Périer, la tête de Turc était évidemment Jean Lefebvre. Celui-ci était très fier de sa caméra super-huit avec laquelle il filmait ce voyage. Donc, mon père la subtilisait régulièrement à son insu et durant les deux mois du tournage, il demanda à tous les membres de l'équipe de subrepticement tourner quelques secondes de leur sexe ou de leurs fesses, au choix, imaginant ainsi le visionnage en famille de Lefebvre à son retour. L'idée que leur pote montrerait fièrement les plus beaux paysages de ces îles de rêve entrecoupés d'images subliminales des attributs de toute l'équipe réjouissait ces trois larrons, autant capables de se livrer à des facéties de gamins que d'interpréter avec talent les plus grands des auteurs sur les scènes françaises. Il faut dire que, pour eux, le cinéma n'était qu'une activité lucrative : leur vraie passion, c'était le théâtre.

Je vous l'ai déjà dit, lorsque j'étais petit, je n'aimais pas entrer dans un théâtre parce que j'étais dérangé

2. *La Bigorne, caporal de France*, film de Robert Darène, 1958.

par l'odeur des adultes, je trouvais que la salle sentait « le vieux ».

Curieusement, je n'ai plus cette impression aujourd'hui.

Je me demande bien ce que ça peut vouloir dire…

Père Bertrand Cherrier

Ce qu'on appelle la chance n'est finalement rien d'autre que les gens que l'on rencontre. Dans sa première vie à Beaugency, Bertrand Cherrier était footballeur comme son père. Mais à cause d'un souci de genou, il ne peut passer professionnel. C'est alors qu'il décide d'enseigner ce sport à des jeunes gens. Son autre passion, c'est la solitude, et grâce à la rencontre avec des religieux, cette envie de se retrouver face à soi-même va le conduire à une vie de prières.

« Ça m'a été donné. Moi j'ai reçu ça ! » dit-il dans un sourire.

Il décide donc de les rejoindre dans l'exercice du sacerdoce. Pendant des années, il travaille avec eux dans des structures éducatives donnant son temps à des enfants quelque peu égarés.

Après plusieurs années passées à Paris, son supérieur lui dit un jour :

« Bertrand, il est temps que tu changes ! »

Ce dernier saute alors sur l'occasion de lui faire part de ses aspirations :

« Voilà, moi, j'aimerais bien aller au Pérou ou en Inde pour découvrir une autre structure éducative et d'autres cultures...

— Bon, très bien, tu vas à Villefranche-de-Rouergue ! » lui répond le supérieur, dont le moins que l'on puisse dire est que son sens de la géographie laisse à désirer.

Mais dans cette vie-là, on fait vœu d'obéissance, et c'est finalement avec plaisir qu'il ouvre une structure de prévention et de protection de l'enfance dans notre région. Depuis sept ans, il récupère donc des mômes qui arrivent du Mali ou d'ailleurs, voire d'Aveyron, des adolescents qu'il tente d'élever à une vie spirituelle, mais pas nécessairement religieuse.

Cette occupation demande une attention de tous les instants et exige une certaine humilité. En sept ans, sur vingt-quatre jeunes, il a pu en relâcher seize, dit-il avec fierté. Comparé aux exigences du monde moderne, ce chiffre pourrait paraître léger, mais c'est qu'il faut beaucoup de temps pour inculquer les bases de ce qu'on appelait naguère une éducation.

« Je ne suis pas leur père, dit-il, je n'essaie pas de remplacer leur famille. Au contraire, je ne leur demande pas d'aimer leurs parents, mais de les honorer. J'essaie de les déculpabiliser en tentant de les convaincre qu'on peut assumer d'être père après avoir été fils. Je leur explique comment tisser son histoire afin de ne pas avoir honte de la raconter.

« La répression, c'est facile ; la prévention, c'est un travail quotidien mais peu démonstratif. Parfois, ils me disent : “Mais Bertrand, tu fous rien !” Ben oui, je ne fous rien, mais je suis là. Et c'est ça, le plus important pour eux. Qu'on soit là. »

En tant qu'athée incurable, je ne suis pas souvent touché par les gens d'Église, mais il y a dans le discours de Bertrand Cherrier une simplicité, une sincérité qui ne trompent pas. Ses mots vont direct au cœur :

« En chaque enfant il y a un destin d'auteur. » (Ne serait-ce que cette phrase-là…)

« Il ne faut pas être connu, ce qu'il faut c'est être "reconnu"... »

« Je leur apprends des choses simples aussi, à faire un repas, car certains n'ont jamais fait cuire un œuf : ils ouvrent le frigo et ils prennent ce qu'il y a... Le plus important pour moi, c'est qu'ils ne deviennent pas des moutons... »

Au début, lorsqu'il a ouvert le centre, il savait qu'alentour les gens avaient un peu peur de cette initiative, mais il a finalement été surpris par l'accueil chaleureux des Aveyronnais. Beaucoup l'ont aidé.

Je ne suis pas étonné. Un moment passé en compagnie de cet homme-là est un vrai cadeau.

L'Aide sociale à l'enfance dépend du Conseil général. Alors, je sais bien qu'il est indispensable de redessiner les Régions de France pour faire des économies, mais il faudra quand même faire très attention à ne pas laisser ce genre d'organisation sur le bord de la route.

Dans la vie, ce qu'on appelle la chance, c'est de rencontrer parfois des types comme Bertrand Cherrier.

Chuck Berry, Mick Jagger, John Lennon. Rock ?

L'autre jour à la radio, j'ai entendu quelqu'un déclarer : « Moi, je suis rock ! » Cette assertion m'a semblé tellement dérisoire que j'aurais aimé pouvoir lui dire : « Le rock, c'est d'abord une musique et une danse. Point. »

La volonté de vouloir « être rock » de nos jours est une lubie d'admirateur fantasmant d'être John Lennon au début des années soixante-dix. Les obsédés de la « branchouille » croient qu'il suffit de mettre des lunettes noires, un blouson de cuir et de jeter une télé par la fenêtre pour se forger une identité de rebelle, alors que ce n'est que l'apanage des suiveurs.

Quand j'ai rencontré les Beatles et les Rolling Stones, ils étaient en cravate, ce qui ne les empêchait pas d'« être » le rock, le vrai, celui que j'ai eu le privilège de voir de près à ses débuts. Je me méfie toujours de ceux qui ont la panoplie.

Par exemple, Jean Genet, que j'ai côtoyé pendant quelques mois au début des années soixante-dix avait l'air de tout sauf d'un écrivain. On aurait dit un peintre en bâtiment. Pourtant, Dieu sait s'il l'était, « rock » selon la formule consacrée, mais il ne tentait pas de le paraître.

Chuck Berry, un des inventeurs de la musique rock, avec lequel j'ai traversé le sud des États-Unis en 1966, ne voulait ni manager ni musiciens, il faisait sa tournée seul en décapotable, engageant des musiciens dans des bars pour le concert du soir, et il n'entrait sur scène qu'après avoir reçu son cachet en cash. Son attitude était-elle donc « rock » ?

En tout cas, c'était sans le rechercher.

Keith Richards, torse et pieds nus sur le tarmac de l'aéroport de Houston, traînant une écharpe sanscrite en buvant au goulot d'une bouteille de bourbon sous un soleil de plomb avant de s'effondrer dans l'avion privé des Rolling Stones, vivait ce que les autres désigneront plus tard comme l'attitude « rock ». Mais lui au moins il l'inventait.

Je me souviens aussi du grondement de pieds des spectateurs ébranlant le sol du Madison Square Garden, à New York, pour un concert des Stones. Des milliers de gens qui n'ont pu entrer hurlent au-dehors tandis qu'un orage éclate, affolant les chevaux des policiers débordés par la foule : vision d'apocalypse. Je retrouve Mick Jagger seul dans sa loge, le visage posé sur la main, en train de se regarder dans un miroir. Il a l'air triste. Comme je lui demande si ça va, il me regarde et me dit :

« Oui. Je m'ennuie, c'est tout. »

Alors ce jour-là, d'accord, j'ai eu l'impression de toucher le rock du doigt.

Mais aujourd'hui, « être rock » ça ne veut plus dire grand-chose. C'est vouloir à tout prix monter dans un ancien train de la mode. Terrorisé à l'idée d'être proscrit par les obsédés de « la carte », le mouton devient caméléon pour épouser « le goût des autres », cette hantise de devenir celui qu'on préfère ne pas voir qu'Agnès Jaoui a si bien décrit dans son film. Si vous saviez combien j'en ai vu passer des types qui « avaient la carte »...

Où sont-ils aujourd'hui ? Il m'a toujours semblé qu'il ne fallait jamais être « dans le vent », mais être le vent lui-même ou rien, ou ne serait-ce que soi.

Le vent, ça balaie tout, ça chamboule avec force, et puis ça passe.

Finalement, la seule chose qui compte, c'est de tenir la longueur.

Alors, être « rock »...

Table

Composition et mise en pages
Nord Compo à Villeneuve-d'Ascq

Aubin
IMPRIMEUR

Achevé d'imprimer en août 2014
N° d'impression 1407.0069
Dépôt légal, août 2014
Imprimé en France